もふもふが溢れる異世界で幸せ加護持ち生活！

6

[著] ありぽん

[イラスト] 高瀬コウ

ドラッホ&ドラック
Aランク魔獣である
ホワイトキャットと
ダークウルフの子供。
ジョーディに懐いている。
クルド
ジョーディのもとに
やってきたキノコの妖精。
キノコの子供達の中では
一番のお兄ちゃん。
ジョーディ
日本から異世界の
侯爵家に転生した、
女神の加護を持つ少年。
前世の分まで
元気いっぱい。

CHARACTERS

登場人物紹介

シャドウウルフ

森で恐れられている怖い魔獣。ジョーディと一緒に森の異変を調査することになった。

ラディス

ルリエット

マイケル

ニッカ

グッシー

ポッケ

プロローグ

僕の名前はジョーディ。ジョーディ・マカリスター。女神のセレナさんの力で、日本から異世界の侯爵家《こうしゃくけ》に転生した一歳の子供です。

この前、セルタールおじさんっていう、お父さんのお友達の街でお祭りが開かれました。

僕はそこに、僕の家族と、ダークウルフのドラック、ホワイトキャットのドラッホみたいな魔《ま》獣《じゅう》達、それに最近僕のお世話係になったニッカと一緒に行ってきたよ。

そこでは、美味しい物をいっぱい食べて、出店でいっぱい遊んだんだ。

それと、魚釣《つ》り大会にも参加したよ。

大会ではなんと、僕がジュエリーフィッシュっていうキラキラのお魚の魔獣さんを釣り上げて、優勝しちゃいました！

ジュエリーフィッシュは、僕達よりずっと年上のお姉ちゃんだったけど、僕達と一緒に遊びたいって言うから、僕はチェルシーって名前を付けて、一緒に僕達の住むフローティーの街まで帰ってきたんだ。

新しいお友達もできたお祭りは、とっても楽しかったです！　また行きたいなぁ。

1章　キノコとキノコさんとキノコの街

お祭りからお家に帰ってきて少しして、暑い日がだんだん少なくなり、朝と夜は涼《すず》しくなってきました。お昼はまだ暑いけど、暑すぎて僕達がぐったりする日はなくなったよ。

でも、まだまだ水遊びはできるから、今日はみんなでチェルシーお姉ちゃんがいるお池で遊んでいます。マイケルお兄ちゃんも一緒だよ。

「ばちゃばちゃ」

「そうね、ばちゃばちゃね」

僕が水をばちゃばちゃさせたら、ママがニコニコしながらそう言います。

『あっ、そっちに小さいお魚行ったよ！』

『ミルク、お池に泥《どろ》を入れたらチェルシーお姉ちゃんに怒られるよ！』

ドラックとドラッホが楽しそうに喋《しゃべ》ってます。ミルクは、サウキーっていう魔獣です。

チェルシーお姉ちゃんはお家に来るまでは小さな水槽《すいそう》に入っていたけど、お家に来てからは、庭にあるお池で暮《く》らしてるんだ。

お家には何個かお池があるから、全部のお池をお姉ちゃんに確認してもらって、お家で一番大きなお池で暮らすことになりました。

そこは綺麗《きれい》な石がいっぱいで、周りには綺麗なお花がいっぱい咲いているお池です。

僕はお姉ちゃんが住むお池を決めた時のことを思い出します。

お姉ちゃんがお外に出るための入れ物の中からそのお池を見ていたら、お魚さんがどんどん集まってきて、それからお水から顔を出して、口をパクパクさせていたんだ。

僕が何をしてるんだろうと思っていると、グリフォンのグッシーがお姉ちゃんとお魚さんはお話ししているって教えてくれたよ。

それでお話が終わったお姉ちゃんは、お魚さん達と一緒にこのお池で暮らすって言いました。

ママがお姉ちゃんに本当にこのお池でいいのか確認してたっけ。

でもお姉ちゃんは『みんな私のことを歓迎《かんげい》してくれているし、この池は住み心地が最高だって教えてくれたから。ここにするわ』って言ってそのままそこに住み始めたよ。

それからお姉ちゃんとはお池で遊んだり、時々さっきの入れ物に入って、お家の中で遊んだりすることになったんだ。

僕はそんなことを思い出しながら、池の中のお魚さんを見つめます。

「さぁ、ジョーディ、みんなも。そろそろおしまいにしましょうね」

ママにそう言われて、みんながお池の中から出ます。

その時向こうの方から、僕達を呼ぶパパの声がしました。

「ルリエット、マイケル、ジョーディ！」

「あら、あなた。仕事はどうしたの？」

「一段落したんでな。そろそろ時間かと思って迎えに来たんだ」

「そう。じゃあ、あなたはジョーディをお願いね」

パパが僕の足を拭《ふ》いてくれて、お池に入るから脱いでいたズボンをはかせてくれました。準備が終わったら、お姉ちゃんにバイバイしてお家に向かいます。パパと手を繋《つな》ぎながら、みんなでゆっくり歩いて行ったよ。

「だんだんと、葉が色づいてきたな。お店じゃ、季節の物がだんだんと並び始めたぞ。木の実もこの季節の物に変わったようだ」

「この季節は美味《おい》しい食べ物が多いから、困っちゃうわ。太らないように気をつけないと」

「いやいや、どんな君でも綺麗だよ」

「ふふ。ありがとう」

ママもパパもニコニコしてます。……ふ〜ん。

そういえばこの世界に、春とか夏とかあるのかな？　今は地球で言う秋っぽいけど、秋とは言われてないよね。何か別の言い方があるのかな？　そんなことを考えながら僕は家に入ります。入る時玄関の端《はし》の方を見たら、小さなキノコが生えていました。

その日の夜はママに、キノコの国の小さな子供キノコさん達が、森を冒険する絵本を読んでもらったよ。

「こうしてキノコの国の、小さいキノコ君達は、長い長い冒険から帰ってくると、次の冒険のお話をするのでした。おしまい」

「にょこ！」

僕は一緒に聞いていたドラック達に、「キノコ君のお話、面白かったね！」って話しかけます。

『キノコ君達って、本当にいるのかな？』

『ボク達は森で見たことなかったよね』

元々森に住んでいたドラックとドラッホはそう言って顔を見合わせていました。

「さぁ、みんなお話は終わりよ。もう寝《ね》ましょうね」

ママがそう言うと、みんなが返事をして、僕のベッドから出て行きます。

ママがみんなに毛布をかけてくれて、それからおやすみなさいをしてお部屋から出て行きました。

でも、僕がみんなに起きてる？　って聞いたらいくつも返事があったよ。

みんな、まだ眠くないって。だからもう少しお話ししてから寝ることにしたんだ。

ドラック達は、絵本みたいな動けるキノコさんを見たことはないみたい。でも、歩くお花さんは見たことあるらしいです。

それについて僕が聞いたら、お花の蜜《みつ》をくれたり、ドラック達が暮らしていた洞窟《どうくつ》の中をいい匂《にお》いにしてくれたり、一緒に遊んだり……とっても優しいお花さん達だったって、ドラックが教えてくれたよ。

だけど、ドラックパパによると、お花さんは仲良しの魔獣さん達の前にはよく出てくるけど、人が近づくとすぐに逃げちゃうみたいです。

そっかぁ。本当は会いたかったけど、無理やり会うのはダメだよね。いつか会えるかな？

あっ、そうだ！　グリフォンのグッシー達なら、動くキノコさんのことを知っているかも。

グッシー達は、僕達と魔獣園で出会ったけど、その前は森にいて、僕達が生まれるずっとずっと前から生きているでしょう？　もしかしたら会ったことがあるかもしれないよね！

僕がそう言ったら、みんながそうかもって言って、明日朝のご飯を食べたらすぐに、グッシー達の所に行くことになりました。

そんな話をしているうちに、だんだんとみんなが寝始めて、静かになりました。

お話をする相手がいなくなっちゃった僕は、仕方なく冒険のことを考えます。

冒険できるようになったら、最初にどこに行こうかな？　森もいいけど、海とか岩場とか、洞窟も楽しそう。

考えていたら、僕はどんどん冒険がしたくなってきました。むくって起き上がって、ベッドの上に立つと、絵本に描いてあった絵の真似《まね》をします。

それは、キノコさん達が木の剣を持って、それを頭の上に上げて、冒険が成功してやったぁ！のポーズしている絵です。

僕は剣の代わりにサウキーのぬいぐるみを両手で持って、万歳をしてみました。

『何をしているんだ、早く寝ないと、朝起きられなくなるぞ』

『そうだぞ。明日は朝からグッシー達の所に行くと言っていただろう』

ドラックパパ達が起きていて、目を細めて僕の方をじっと見ています。

「にょお、こにょ、いいにょ、よね‼」

『なんと言っているか分からんな』

『まぁ、なんでもいい。早く寝ろ』

僕は「ねぇ、このポーズ、カッコいいでしょ‼」って言おうとしたんだけど、ドラック達が寝ちゃってて、伝わりませんでした。

ドラッホパパが後ろ脚で立ち上がり、僕に寝ろって言って、前脚で僕をちょんって押します。

僕はその手に押されて尻《しり》もちをつきました。もう、せっかくカッコいいポーズをしていたのに！

僕はもう一回布団に入ります。でも、なかなか寝られませんでした。

＊＊＊＊＊＊＊

森の中で、小さな影《かげ》達が会話をしていた……

『はぁ、心配ではあるが、お前達に頼むしかあるまい。大人達は今、アレの対処で動けんからな』

『そうじゃのう。若い者に頼むほかなかろう』

『よし、お前達に私達の世界から出ることを許そう』

『旅は大変危険じゃ。忘れ物がないようにの』

影の中でも威厳《いげん》のありそうな者達がため息交じりにそう言う。

『『は～い‼』』

すると、若くて元気な声が重なって響《ひび》いた。

『それとクルド。お前がこの中で一番年上で、魔法も使える。皆をしっかり守るのだぞ』

『はい!! 絶対にみんなを守ります!!』

『よし、では準備にかかれ。街の皆には今からワシが伝える』

『分かりました。では私は手紙を書きます。ペガサスはきっと手を貸してくれるでしょう』

＊＊＊＊＊＊＊

昨日、僕は結局早く寝られなくて、起きたのはお昼近くでした。

ドラック達は一回いつも通りの時間に起きたんだけど、寝ている僕を見ていたら眠くなったらしくて、また寝ちゃって、僕と一緒に起きたんだ。

お腹が空いていたけど、ママにはもうすぐお昼ご飯だから待っていなさいって言われました。

だからグッシー達とお話ししようと思って、お庭にあるグッシーが住んでいる小屋に向かったよ。

グッシー達は小屋から出ていて、干し草の上でまったりしていました。

「ちー、ちゃの！」

僕が「グッシー、おはよう！」って挨拶《あいさつ》したら、グッシーは立ち上がってこっちに目を向けました。

『おはようジョーディ、ずいぶん遅く起きたんだな』

「ちょねぇ、にょこしゃ、ねんね、しょいによ」

『なんだ？』

『えっとね、キノコさんと冒険のこと考えていたら、寝るのが遅くなったんだって』

ドラックが僕の言葉を伝えると、グッシーは首をひねりました。

『キノコさん？』

その後、ドラックパパ達が昨日のキノコさんの絵本のお話をしてくれて、そしてグッシーは話を聞き終わると、ニッと笑顔になって話してくれたんだ。

なんと、キノコさん達が暮らしている街は本当にあるんだって。

昔グッシーがいた森に、そのキノコさんの街があったんだ。

でもキノコさんの街は僕達には見えないし、見つけることができないみたい。街に特別な結界が張ってあって、人や魔獣には見えないようにしてあるの。

だから僕達が普通に森を歩いているだけだと、見つけられないんだ。

それにキノコさん達は、街からなかなか出てこないから、会うこともできません。

グッシーがキノコさん達に会えたのは、偶然《ぐうぜん》だったんだ。街から間違って外に出てきちゃって迷子になったキノコの子供を、グッシーが見つけたんだって。

それで、グッシーはキノコの子供と一緒に、キノコの街を探してあげたよ。

でもグッシーには街が見えないから、探すのは大変だったみたい。

探し始めて何日かして、ようやく街が見つかりました。

でもグッシーには、それはただの草むらに見えたんだって。

キノコの子が突然目の前で消えて、グッシーはビックリ。

その後、突然ゾロゾロとキノコさん達が現れてまた驚いちゃったらしいです。突然に見えたのは、結界を出たり入ったりしていたから。

キノコさん達は迷子の子供を見つけたお礼に、グッシーにたくさんキノコをプレゼントしてくれたんだ。

それから、他のキノコさんの街は見えないけど、助けてあげたキノコの子が住んでいる街だけは見えるようになる、特別な魔法をかけてくれたらしいです。

魔法をかけてもらうと、グッシーの前に突然とっても大きな結界が現れて、中に入るとそこには、素敵なキノコさんの街がありました。

それからグッシーは、魔獣園で暮らすようになるまで、時々遊びに行っていたみたい。

『久しぶりに行ってみたいが……ジョーディ達が見ることができるかどうか……あそこに入れるのは、キノコ達が認めた者のみだからな』

そっかぁ。本当はキノコさん達に会ってみたかったし、キノコさんの街も見てみたかったけど、キノコさんが会ってもいいって思ってくれないとね。無理やりはダメ。

その時、メイドのベルがお昼ご飯ができたって呼びに来たから、グッシーにはまた後でお話聞くことになったよ。

僕達は急いでご飯を食べて、グッシーがいる小屋に戻りました。

その時、ママもキノコさんの街に興味があるって言って付いてきたんだ。

「あら、本当にキノコの街があるのね」

「ちー、たのぉ？」

『キノコの街はどんな所だった？』

『キノコさんのお家は大きかった？　お家は何で出来てるの？』

『キノコさん、とっても小さかったんでしょう？　大人のキノコさんも小さかった？』

『キノコさん達は何して遊んでるなのぉ？』

『どうやって歩いてるんだな？』

『まてまて。一度にたくさん質問するな』

ママ、僕、ドラック、ドラッホ、土人形のポッケ、ミラリーバードっていう鳥の魔獣のホミュちゃん、ミルクがいっぱい質問すると、グッシーが翼《つばさ》を振って止めます。

だってキノコさんに会って、キノコさんの街を見たのはグッシーだけなんだよ。いっぱい質問しちゃうよ。

グッシーによると、キノコさんの街には、キノコの形をしたお家がいっぱいあったらしいです。

キノコの傘《かさ》の部分が屋根で、柄《え》のところがお家の壁になっているんだって。

それからキノコさん達は、大人も子供もみんなとっても小さいらしいです。

種類はいっぱいで、赤いキノコさん、青いキノコさん、しましま模様のキノコさん、ブチ模様のキノコさん、いろいろいるみたい。

あと、キノコの子達は、僕達と同じような遊びをしてるんだって。おままごとしたり、冒険者さんごっこしたり、追いかけっこしたり。みんな柄で歩いているんじゃなくて、ちゃんと手と足があるから、普通に歩いたり、走ったりできます。

キノコさん達のご飯も僕達と同じでした。お野菜やお魚さんやお肉、木の実や果物、なんでも食べます。一緒にご飯を食べたグッシーはとっても美味しかったたって言ってました。

僕達はその後もいっぱい質問しました。でも途中でグッシーがもういいだろうって、お話をやめちゃったんだ。もう、もっと質問したかったのに。

それでグッシーにはお話の代わりに、僕達を乗せてお空を飛んでもらうことにしました。夕方まで、何回も乗せてもらったよ。

そして最後、街の上を一周して、お庭に降りようとした時、家の門から荷馬車が入ったのが見えました。

『ジョーディ、何かなぁ？』

『箱がいっぱいだね』

『見に行くんだな』

ドラックとドラッホ、それにミルクがそう言ったから、僕は頷きながらグッシーの首をパシパシ叩いて、荷馬車の方を指差します。

僕達が玄関に向かっていた馬車の方へ行くと、玄関にはパパと使用人のレスターがいたよ。

僕達がグッシーから降りて少しして、馬車が到着して、乗っていた人が降りてきました。

「お久しぶりです」

「元気だったか？　子供は？」

レスターとパパがそう話しかけると、馬車に乗っていた人が答えます。

「みんな元気ですよ。ただ、まだ連れて歩くには早いですがね」

お話が途切れたところで、馬車に乗っていたお兄さんが僕達の方を見てきました。

「はじめまして、ジョーディ様。私はオルドリーです」

「ジョーディ、ご挨拶だ」

パパにそう言われた僕は元気な声で挨拶します。

「ちゃっ!!」

「ははは、ジョーディ様、こんにちは」

挨拶が終わるとオルドリーさんは荷馬車の方に行って、荷馬車から箱を下ろし始めました。それを使用人さんが手伝います。

それを見ていたパパが、いい物だぞって教えてくれました。だから何が入っているのか、ドキドキしながら待ちます。

少しして、全部の箱が下ろし終わったのか、レスターとオルドリーさんが近づいてきました。

「今年は以上になります。確認をお願いします」

僕達は箱に近づきます。

箱は、僕の体と同じくらいの大きな木の箱でした。レスターが箱の蓋《ふた》をギギギって開けます。

レスターが開けた箱の隙間《すきま》から中を見て、「あっ！」って言いました。

なになに⁉　レスター早く開けて‼　ギギギッ、バキッ‼　やっと蓋が開くと、急いでみんなで箱の中を覗《のぞ》きます。

「にょこ‼」

『わぁ、いっぱい‼』

『とってもいい匂い！』

僕とドラック、ドラッホが一緒に叫びます。

箱の中にはキノコが入っていました。フワッてキノコのいい匂いがします。

レスターが他の箱も開けていきました。

箱は全部で八個あったんだけど、他の箱にも全部、いっぱいキノコが入っていたよ。

『こんなにキノコがいっぱい。もしかして動けるキノコさんが交ざっていたりして』

そうポッケが言ったのを聞いて、僕もみんなもハッとして、じっとキノコを見ます。

中に埋もれちゃっていたら大変だよ。大丈夫？　いない？

僕達がそんなお話をしているうちに、パパが箱の中を確認します。

それで変な顔をしたんだ。もしかしてキノコさんがいたのかな⁉

「今年は随分《ずいぶん》と大きさがまちまちだな？　それに量もいつもより少ないか？」

パパが変な顔のままそう言います。

え？　こんなにいっぱいなのに、少ないの？

「今年はどうにも。我々の仲間でいつも通り交換をしたのですが……こちらを見てください」

オルドリーさんが、荷馬車のカバーを外します。そこには箱が四つ置いてあって、そのうちの一つを、僕達の前に運んできました。

みんなで箱の中を覗くと、中にはいっぱいの、ボロボロのキノコと、腐《くさ》っているキノコが入っていました。

「向こうの箱も全部、こういったキノコばかり入っています」

オルドリーさんは申し訳なさそうにパパにそう言います。

残りの三つの箱にも、ダメなキノコばっかり入っているんだね。

それを聞いたパパが、ダメなキノコも一緒に買うぞってオルドリーさんに伝えます。

「せっかくここまで運んできてくれたんだ。それにいつも君は美味しい季節の物を運んできてくれるからな。このダメなキノコだって肥料《ひりょう》にはなるだろう。レスター、いつも通りに」

「かしこまりました」

「いいのですか？　ありがとうございます！」

オルドリーさんはレスターと一緒に家の中へ行きます。パパはボロボロのキノコを手に持ちながら、どのくらい肥料ができるかって、一人でブツブツしだしました。

ママは残念そうにしながらも、ベルに言って、綺麗な方のキノコを少しカゴに入れて、先に家の中へ持って行かせてました。

それから少しして、いつもお庭を綺麗にしてくれるおじさん達が、こっちに歩いてきたよ。

キノコの肥料の話を聞いて、ダメなキノコを取りに来たみたいです。

肥料ってどうやって作るのかな？　作るところ、見てみたいなぁ。

パパやおじさん達のお話を聞いていたら、明日から肥料を作り始めるみたいだから、見に行ってみようかな？

僕はドラック達に話しかけます。そうしたらみんなも見てみたいって言ってくれたよ。だから、それをパパに伝えてもらいました。

それでパパがいいって言ったから、明日の予定が決まりました！　グッシーも一緒に来るって。畑の近くで作るから、ついでに野菜を貰《もら》って食べたいみたい。相変わらず食いしん坊《ぼう》だね。

レスターとオルドリーさんが戻ってきました。

これからそれぞれ、ダメなキノコといいキノコを運んで、箱をオルドリーさんに返したらオルドリーさんの仕事は終わりだって。

僕達はオルドリーさんに、ありがとうとバイバイをして先に家の中へ戻ります。

「オルドリーが持ってきてくれるキノコは、いつもとっても美味しいのよ。キノコだったらジョーディも食べられるから、楽しみにしていてね」

「うみゃあ」

「そうよ。うみゃあよ」

ママとそんな話をしながら、僕達は遊ぶためのおもちゃがある部屋に行きました。

少しすると窓から、今日は友達のお家に遊びに行っていたお兄ちゃんが、グリフォンのビッキーに乗って帰ってきたのが見えました。ダッグと一緒です。

ダッグはレスターの従弟《いとこ》で一八歳です。この前僕の家に来て、この頃いつもお兄ちゃんと一緒にいます。

廊下を走る音がして、部屋にお兄ちゃんが入ってきました。

「ジョーディ！　今日はキノコのご飯だって!!　オルドリーさんの持ってくるキノコはとっても美味しいんだよ！」

それだけ言って手を洗いに行っちゃいました。本当に美味しいんだね。楽しみだなぁ。

あっ、そういえば、玄関の所に小さなキノコが生えていたはず。明日、肥料作りの見学が終わったら見に行こう。

「マイケル様、ジョーディ様。夕食の準備ができました」

ベルが僕達を迎えに来て、僕はニッカと手を繋いでご飯を食べる部屋に向かいます。

ドラック達は軽くジャンプしながら歩いて行きます。

廊下にはとってもいい匂いが漂っていました。

＊＊＊＊＊＊＊＊

『それでは行ってきます!!』

『気を付けるんじゃぞ!!』

『危ないと思ったらすぐに帰ってきなさい!!』

僕――クルドは僕達の手伝いをしてくれる小鳥に乗って、一番先頭で空を飛び始めました。

その後ろから、一緒に行く子達が小鳥に乗って次々についてきます。そして街のみんなに手を振りながら結界の外へ出ました。

『クルドお兄ちゃん、どのくらいで着くかなぁ？』

『きっと早く着くよ。みんな気を付けてね。騒《さわ》いで小鳥さんの邪魔をしちゃダメだよ。それから、外は危ないから、絶対に一人で行動しないこと。約束だよ』

『『『は～い!!』』』

僕達の街からこれから向かう森まで、どのくらいかなぁ？　ペガサス様がいる森まで、山を何個も越えて行かないといけないんだ。

森の調査とペガサス様にお願いに行くのは僕と、小さい子キノコが四人。僕が一番お兄ちゃんだから、しっかりみんなのことを守ってあげないと。本当はお父さん達が行けたらよかったんだけど、今は忙しくて駄目なんだ。

今の季節は、森の中に生えているキノコも、キノコの街で育てているキノコも、大きく育って、とっても美味しい季節です。

でも今年は違いました。森のキノコはほとんど腐っちゃって、キノコの街で特別に育てているキノコも、半分くらい腐っちゃってます。

お父さん達は原因を調べようと思ったんだけど、キノコが腐っちゃってからすぐに、また変なことが起きました。

今度は土が綺麗な茶色から、どす黒く変わっちゃったんです。今は森の半分くらいがどす黒い色になってます。

慌《あわ》ててお父さん達は、無事だったキノコを収穫《しゅうかく》して、綺麗な土をこれ以上消さないために、土を魔力がいっぱい必要な特別な結界で守って、その中でキノコを育てることにしました。そのせいでお父さん達は今動けないんだ。

だから、キノコが腐った原因を調べるために、僕達だけで森の調査をすることになりました。

子供達だけだと危険だからお父さん達が話し合った結果、遠くの森に住んでいるお爺《じい》ちゃんのお友達のペガサス様に、一緒に調査してくださいってお願いすることになったよ。

今僕がしょってるカバンの中には、お爺ちゃんからペガサス様へのお手紙が入っていて、なくさないように、しっかり一番奥にしまってあります。

『僕ねぇ、ペガサス様に会うの、とっても楽しみ!!』

『私も！』

『お爺ちゃんのお家に飾《かざ》ってある絵でしか見たことないけど、とってもカッコいいもんね』

『私、調査が終わったら、ペガサス様にお願いして、背中に乗せてもらいたいの』

『あっ、僕も!!』

一緒に行く子達が口々にそう言います。

僕も乗せてもらいたいな。みんなでお願いしたら乗せてくれるかも。そんなお話をしていたら、もう僕達の住んでいる森の外に出ました。やっぱり小鳥さんは速いです。

『みんな、いい？　ここからは人が多いから気付かれないようにね』

『うん!!』

森を出る少し前から、人の姿がチラホラ見えていたんだけど、今はかなりの人達がいます。見つかったらどんなことをされるか分からないから気を付けないと。

さぁ、どんどん進もう！　ペガサス様手伝ってくれるかな？　それで森が元に戻ったら、みんなでキノコパーティーがしたいなぁ。

＊＊＊＊＊＊＊

今僕達は、みんなでキノコのご飯を食べています。

ベルに呼ばれてご飯を食べる部屋に来た時、ご飯を食べる部屋の前と廊下は、とってもいい匂いがしていて、みんなで勢いよく部屋の中に入りました。

ドラック達はジャンプして椅子に座って、ポッケはホミュちゃんに運んでもらって、テーブルに着きます。

僕も急いでニッカに抱っこしてもらって席に座ったよ。

「にょおぉぉぉ!!」

テーブルの上には、キノコの料理がいっぱいでした。

キノコをそのまま焼いた物、キノコがいっぱいのスープに、スパゲッティー。野菜と一緒に炒《いた》めてあったり、お肉料理の上にキノコがたっぷり載《の》っていたりする物や、グラタンみたいな料理もありました。

僕が席に着くと僕達の前に、僕でも食べられる料理が運ばれてきたよ。

僕の前にはおうどんみたいな物に、キノコが細かく切って載っけてある物が来ました。

それからマッシュルームみたいなキノコが焼いてあるやつがドンッ!! とお皿の上に載っていたよ。とっても大きくて、僕の手よりも大きいんだ。

今は、そのキノコうどんを食べているところです。

「にょこにょこ」

『『にょこにょこ』』

「フッ」

ん？ 今誰か笑った？ 僕は部屋の中をキョロキョロ見ます。

みんなキノコのご飯を食べて笑顔だけど、声出して笑っている人はいません。

僕はまたうどんを食べ始めます。

「にょこにょこ」

『『にょこにょこ』』

「フッ、ハハハハハッ!!」

パパが大きな声を出して笑い始めました。笑っていたのはパパだったみたい。なんで笑っている

の？　僕はパパをじっと見ます。

「ジョーディ、それにみんなも、なんでいちいち、にょこにょこ言ってからご飯を食べるんだ？」

ん？　なんのこと？　僕が首をかしげていると、お兄ちゃんが、僕達はご飯食べる前に「にょこにょこ」って言ってからご飯を食べているって教えてくれました。

本当？　いつも通りにご飯食べていると思うんだけど。みんなでお互いを見た後、みんなでまた食べ始めます。

「にょこにょこ」

『『にょこにょこ』』

バッ!!　みんなで顔を見合わせます。本当に言っていたよ。あれぇ、なんでだろう？

「ふふ、とても美味しいご飯に、この頃ジョーディやみんなはキノコのお話ばかりしていたから、いっぱいのキノコを見て楽しくて、自然と言葉に出ちゃうのかしら」

ママは笑いながらそう言ってました。

僕達はそれからもどんどんご飯を食べていきます。僕がキノコおうどんを食べ終わる頃には、「にょこにょこ」は言わなくなっていました。

続いてマッシュルームです。僕が食べようとしているのに気付いたニッカが、マッシュルームをナイフでひと口サイズに切ってくれました。それを僕はフォークで刺して、あむっ!!

おおお、美味しい!!　口に入れた瞬間《しゅんかん》、サイダーみたいにシュワワワってなって、その後三回噛《か》んだだけで、キノコは消えちゃいました。地球ではこんなキノコ食べたことなかったよ！

ドラック達もシュワシュワのキノコを食べてビックリしたみたい。手でお皿を軽くパシパシ叩いたり、地面をパシパシしっぽで叩いたりしています。すぐに食べ終わっておかわりしていました。

僕はそんなにいっぱい食べられないから、目の前のマッシュルームを大切に食べます。

このキノコ、貰ったキノコの中にまだあるかな？　また今度食べたいんだけど。

僕達はどんどんご飯を食べて、残さず全部食べることができました。う〜ん、明日も美味しいキノコご飯かな？

次の日、パパとお兄ちゃんと、それから魔獣達みんなで、お庭を綺麗にしてくれるおじさん達が、いつも集まっている小さな小屋の所まで行きました。

昨日約束した、肥料作りの見学をするためです。

小屋は家の裏に二つあるんだ。お庭を綺麗にするための道具がしまってある小屋と、それから種や家で飼っている魔獣達の餌《えさ》をしまってある小屋ね。

そこに行ったら、餌をしまってある小屋の前に、軍手をしたおじさん達が集まっていました。地面にはシートが敷いてあって、大きなカゴも置いてあります。

『あっ、みんなあそこにいるんだな』

ミルクがそう言って、サウキー達が集まっていて、葉っぱをモグモグしている所を指さしました。

ミルクがグッシーから飛び降りて、一番小さい子サウキーの所に向かいます。

その子は、この前生まれた子サウキーです。

あのね、お家で飼っているサウキーは、ミルク以外女の子ばっかりだったんだけど、その子は久しぶりの男の子です。ミルクがお世話しているんだよ。

サウキーは女の子の方が、男の子よりも二倍くらい大きいんだ。だから一緒に跳《は》ねたり、遊んだりすると、時々蹴《け》飛《と》ばされちゃうみたい。それを避《よ》ける方法を教えるって、ミルクが力強く言っていました。

「おはようございます、ラディス様、マイケル様、ジョーディ様」

僕達に気付いたおじさんが挨拶をしてくれました。

「サンクス、おはよう。どうだ？」

おじさんの名前はサンクスさんっていうみたいです。

「今、さらっと見ただけですが、思っていたよりも多くできそうです」

僕達はグッシーから降りて、シートの上に座ります。

グッシーとビッキーは僕達が降りたとたん、若いお兄さんにお野菜をねだりに行っちゃったよ。

「では始めますね。最初に、腐っているキノコとボロボロのキノコを分けます」

サンクスさん達はシートの上に、キノコの入っているカゴをひっくり返していきます。それから腐っているキノコや、ボロボロのキノコを木の箱の中に入れていきました。

少ししてお兄ちゃんが僕もやるって、お手伝いを始めます。

それを見てドラック達が僕達もやるって言って、お兄ちゃんの真似をしてキノコを分け始めました。

僕もやろう!! 僕は腐っているキノコをポイッってして、大丈夫なやつは僕の横に置きます。

「なんだジョーディ、ダメだぞ邪魔しちゃ」

「パパ、ジョーディはちゃんとキノコを分けてるよ。ほら」

お兄ちゃんが、僕がひょいって向こうに投げた、腐ってるキノコを指さします。

「ん？ ……本当だな、ちゃんと分けられてる。ジョーディ、ちゃんと分かるのか？」

「パパ、ジョーディはちゃんと僕達のことを見てるんだよ。一緒に遊んでる時も、僕の真似するんだから。積み木の四角と三角を分けるとか。同じ模様のカードを集めるとか。パパ、この頃僕達と遊んでくれないから知らないんだ」

「そ、そうか。うん、ジョーディ、そのまま続けていいぞ」

パパは何か寂《さび》しそうな顔して黙っちゃいました。どうしたの？

でもパパが続けていいって言ったから、僕はそのままキノコの仕分けを手伝いしたよ。

全部のキノコを分けると、サンクスさん達が、ボロボロのキノコだけをシートの上にまた出して、土や白い粉とか、茶色い粉とか、色々な粉をバシャッと、ボロボロのキノコの上にかけました。

「マイケル様、ジョーディ様、さぁ、どんどん混ぜちゃってください。混ぜ終わったら、この木の箱に入れて、そのまま保管します。少し待てば肥料の出来上がりですよ」

お兄ちゃんが粉のことを聞いたら、魚の骨を乾燥《かんそう》させたやつと、魔獣さんの骨を乾燥させたやつ、後は肥料に必要な粉の何種類かだって教えてくれました。

どんどん粉とキノコを混ぜて、スコップで箱に入れていきます。

全部入れ終わったらサンクスさん達が箱の蓋を閉めて、これで肥料作りは終了です。

「手伝っていただき、ありがとうございました。肥料が出来たらお知らせしますね」

サンクスさん達はそう言って小屋の中に入って行きます。

僕達はパパに魔法でお水を出してもらって手を洗ってから、ミルク達の方に遊びに行きました。

そしてサウキー達と畑で遊んだ後は、今度は玄関前で遊ぶことにしました。

お野菜をねだるグッシー達を無理やり引っ張って玄関の方へ向かいます。

僕がキノコを見つけたんだってみんなに言ったら、すぐに見に行くことに。

グッシー達の相手をしていたお兄さんがホッとした顔をしていたよ。

玄関着いてから少し遅れて、サウキー達も僕達の後ろからついてきました。

みんなが揃《そろ》ったら、玄関の端っこへ行きました。確かこの辺にあったよね？　あっ！　あった!!

傘の上の部分と、下の部分だけ黒くて、他の傘の部分と柄が真っ白な、可愛いキノコが生えていました。大きさは、僕の手よりも少し大きいくらいです。

パパが僕達の後ろから覗いてきながら、これはダメなキノコだなって言いました。

このキノコは毒キノコじゃないんだけど、触るとちょっと手が痒《かゆ》くなるんだって。

それに毒はないんだけど、とってもとっても不味《まず》くて、誰も食べないみたいです。苦いんだって。

真っ白でとっても綺麗なキノコなのにね。でも、このキノコにそっくりな、食べられるキノコもあるみたいです。見分けるのが難しいんだって。

僕は触るのを諦めました。そしたらサウキー達が、いつも遊んでいる所にもキノコが生えているって教えてくれて、そこに移動することに。

向かおうとしたんだけど、グッシーがチラチラ、キノコの方を見て歩くから、なかなか進んでくれません。あんなにいっぱい野菜を食べたのに、まだ食べたいの？

サウキー達の遊び場所に着いたら、僕達はグッシーから降りて、サウキーの後について歩きます。

グッシーとビッキーは、その場に座ってまったりしていました。

『おい、さっきはどうしたんだ？　食べるつもりだったのか？』

『いや、そうではない。あのキノコ、匂いがまったくしていなかったよな？』

『……そういえばそうだな。確かに匂いがしなかったような』

『あのキノコ。昔、我が見た物と同じ物かもしれん』

グッシーとビッキーはそんなことを喋っています。

僕は面白いキノコを見つけたから、まったりし始めたグッシー達を呼びました。

「ちー!!」

グッシー達はのそのそ歩いて近づいてきます。

僕はグッシー達が来てから、まん丸で明るい紫《むらさき》色のキノコを軽く押しました。するとキノコの傘のてっぺんから、丸い輪っかの小さな煙《けむり》が出たんだ。

何回押しても煙が出るんだよ。キノコから煙が出るなんて面白いね。確か地球にもそんなキノコがあったような？

このキノコも毒キノコじゃないけど、不味くて食べられないみたい。でも、触っても痒《かゆ》くなったり、具合が悪くなったりしないから、遊ぶのは大丈夫。

ドラック達もヒョイッてキノコを触ります。キノコの前にみんなで並んで順番にポンポンポン。

サウキー達が遊んでいる場所には、他にもたくさんのキノコが生えていました。みんな食べられないキノコだったけど。

ベルが僕達を迎えに来るまで、僕達はずっとキノコで遊んでいました。呼ばれて玄関まで戻ったら、グッシーがまたあの真っ白いキノコをじっと見ています。

……グッシー、そんなにその白いキノコ食べたいの？

＊＊＊＊＊＊＊

『クルドお兄ちゃん見た⁉』

『うん！　しっかり見たよ！』

『あれ、アンデッドだよね』

『なんの魔獣がアンデッドになっちゃったのかな？』

『それよりも早く行かなきゃ！　僕達だけじゃ、もしアンデッドに襲《おそ》われたら逃げられないよ』

『さぁ、みんな。しっかり前を向いて。ちゃんと僕についてきて。ここまで来れば、ペガサス様の所までもう少しだよ！』

2章　街に現れたアンデッド

キノコさんの肥料やキノコさんで遊んで一週間が経ちました。

でも昨日くらいから、急に僕達が住んでいるフローティーの街がザワザワし始めて、僕達が出ていいのはお庭までで、街の広場やお店には行けなくなっちゃいました。

ちょっと離れた森で、怖い魔獣が現れたんだって。

一か所目はパパのパパ、サイラスじぃじの住んでいる街と、僕の住んでいる街のちょうど真ん中にある森。もう一か所は、まだ僕が行ったことがない、街からは二日くらいにある森らしいです。

鳥の魔獣のスーがじぃじからのお手紙を持ってきてくれて、それと同じ頃に、僕が行ったことのない森の近くにある街からも、お手紙が届きました。どっちも怖い魔獣が現れたって内容だったよ。

パパもママ達も、お手紙を読んだ時、とっても怖い顔をしたんだ。パパはレスターにすぐに騎士《きし》を集めさせて、ギルドにも連絡しろって言ってました。それからすぐにパパはじぃじに手紙を書いて、スーはじぃじの所へ帰ることに。

手紙が書き終わるまで少ししか経っていなかったけど、スー、少しはお休みできたかな？　僕はちょっと心配です。

「すー、きちょねぇ!!」

『うん！　気を付けて帰るよ！　また今度ゆっくり遊びに来るからね！』

僕が「気を付けてね」って言うと、スーは元気そうにそう言って飛んでいきました。

現れたのがどんな魔獣かは教えてもらえなかったけど、一緒に話を聞いていたグッシー達がとっても怖い顔をしていたから、本当にとっても怖い魔獣なんだと思います。

パパ達はそれから大忙し。今パパ達は、ちょっと遠くの森まで騎士のアドニスさん達を連れて行っていて、ママは街を囲んでいる壁が壊れていないか、壊れそうになっていないか確認しています。

グッシーやビッキーは、空から街の様子や森や林の様子を見て、ギルドの人達や騎士さん達も、街の周りの森へ調査しているんだ。

僕達はパパ達が森に行ってから、自分達の部屋で寝ないで、一階のお部屋で寝ています。

あと、サウキー達がミルクに、子サウキーを僕達と一緒にいさせてってお願いしてきました。

子サウキーはまだ小さいです。もしお家からも避難することになった時に、逃げ遅《おく》れたら大変だからね。だから今、子サウキーは僕達といつも一緒にいます。

そんな毎日だったんだけど、でも楽しいこともありました。キノコさん肥料が出来ましたって、サンクスさんが呼びに来てくれたんだ。

今のバタバタが終わったら、この肥料を使って、お花を植えたり、お野菜の種をまいたりするらしいです。その時にまた呼んでもらうお約束をしました。早くバタバタが終わって、パパ達が早く帰ってきてくれるといいなぁ。

＊＊＊＊＊＊＊

私――ラディスは今、私達の街から約二日の距離にある街へと来ていた。

「リック、遅くなってすまない」

「いや、私の方こそ。来てくれてありがとう」

「それで状況は？」

街の名前はチャーネル。そしてこの街を治めているのがリックの一族だ。

三日前、父さんの手紙とほぼ同時に届いたリックからの手紙。まさか内容がほとんど同じだとは思わなかった。どちらの手紙にもアンデッドが出たと書いてあったのだ。

アンデッド。それは魔獣や人間が闇《やみ》の魔力をまとい、自分の意思を失って動いている存在。どうしてそのようなことが起こるか、明確な答えは分かっていないが、一つだけ分かっていることがある。それはとてつもなく強い存在だということだ。

前回、ワイバーンのアンデッドが出た時は、一瞬にして一つの森と、二つの街がなくなってしまった。

「今回ワイルドベアーのアンデッドが三体出た」

「三体!?　そんなに出たのか？」

「ただ、サイズはそこまで大きくなく、攻撃もなんとか防げるほどだと」

私達が玄関ホールで軽くそんな話をしていると、階段から足音が聞こえてきた。

「すぐに出発じゃ!!」

そう言いながら階段を下りてくる人物は、リックの父のコットン殿《どの》だ。

コットン殿は私の父さんと同世代で、父さんが若い頃は、よくつるんで森に魔獣を狩りに行ったり、お酒を飲んだりした、かなりいい関係だったと聞いている。

「父上、まさか行くつもりですか」

「当たり前だろう。この街の危機に動かないバカがどこにいる。この街は私達の街だ。消されてたまるか」

慌ててリックがコットン殿を止める。私はそんなコットン殿に近づき挨拶をする。

だが、私の挨拶を「おう！」の一言で流して、またすぐに外へと出て行こうとした。

「父上、ラディスが騎士と魔法師《まほうし》を連れてきてくれました。これからどう森に入るか決めます。それまでは勝手に森には行かないでください!!」

リックがなんとかコットン殿を止め、その後客間に移動し、これからのことについて話し始めることになった。

私がここへ着く少し前に、なぜかアンデッドが退却《たいきゃく》し、戦闘が一時止まったらしい。

アンデッドが退くということに違和感を覚え、そんなことがあるのかと聞けば、突然攻撃を止め、森の奥へと姿を消したという。

後を追おうとしたが、騎士と冒険者達がアンデッドの姿を見失ったことから、一時撤退《てったい》となった。

もちろん姿が見えなくなったからといって、何もしないわけではない。森を囲むように防衛線を引いたという。

「それにしても戦闘の最中に退くなど、今まででそんなことがあったか？　アンデッドと戦闘が始まれば、どちらかがやられるまで、戦闘は続くものだろう」

「アンデッドのことは分からんことばかりじゃ。それよりも早くこれからのことについて決め、すぐに森へ出発じゃ!!」

そう息巻くコットン殿の姿勢は、父さんにそっくりだ。

話し合いの結果、私が連れてきた騎士達と魔法師達を半分防衛線に残し、私と騎士のアドニス達が森に入ることになった。

リックの方はリックとコットン殿に加え、先ほどの戦闘で戻ってきた騎士や冒険者達の中で、すでに回復が終わっている者達が一緒に森に入る。


私達は準備を整えると、すぐに森へ出発した。

が、私達の予想に反して、アンデッドとの戦闘が行われることはなかった。

森のかなり奥まで足を進めたのだが、どこにもアンデッドの姿がなかったのだ……

＊＊＊＊＊＊＊

それは突然でした。

他の街へ行っているパパ達と、空からの見回りをしていたビッキー以外、たまたまママとグッシーも、ドラックパパとドラッホパパも、報告のために、お家に戻ってきている時に、慌てた様子でビッキーが窓の所に飛んできて、こう言いました。

『まずいぞ！　二つ向こうの森から、奴らの気配がした！　このままの行くと、街に来るぞ！』

『なんだと！　ビッキー、すぐに行くぞ!!　我は一応奴らの呪いの攻撃を、魔法で祓《はら》うことはできるが、これにはかなり時間がかかるからな。なるべく街へ来る前に止めなければ!!』

グッシーがそう言って、慌てて準備を始めます。

「ダッグ、ニッカ、あなた達は子供達とあの部屋へ。何かあれば教えた通り避難《ひなん》をお願いね」

ママが、ダッグとニッカにそう伝えます。

『ルリエット、我らは先に行く。あの感じからして、おそらく俺達だけで対応できるはずだ。だが一応、街の警備《けいび》を万全にしておけ』

ビッキーにそう言われたママは、不安そうに聞き返します。

「あなた達だけで大丈夫なの？」

するとグッシーが胸を張って答えます。

『あれくらいのアンデッドならば、昔、何度か相手をしたことがある。だが、奴らにつられて、他にアンデッドが生まれても厄介だからな。なるべく早く始末したい。それに地上から来るお前達を待つよりも、我らで空から行った方が早いからな』

「分かったわ。グッシー、ビッキー、頼むわね」

グッシー達がニッと笑って飛んで行きました。どうもあの怖い魔獣が出ちゃったみたい。

その後、ママは街の壁の所に行くって言って、お部屋から出て行きました。

そして僕達は、魔獣が来た時に行くお部屋へ向かいます。

怖い魔獣……ビッキーはアンデッドって言っていたよね。どんな魔獣なんだろう？

家の中は、使用人さんやメイドさん、騎士さん達がバタバタしてました。

ニッカやダッグも、これからのお話をしながら忙しそうに歩いています。

二人に連れられて部屋に入ると、ニッカとダッグは僕とドラック、ドラッホにベッドの上にいろ、と言ってから、部屋の中全体の確認を始めました。ポッケとホミュちゃんは、僕のポケットの中に入っているよ。

それが終わると、ニッカはドアの方に、ダッグは窓の方に立って、見張りを始めます。

ドラックパパは街の裏の警戒に行ってくれていて、今はいません。なので今はドラッホパパがお部屋にいます。

もうアンデッドについて聞いても大丈夫かな？　僕達はベッドから下りて、お兄ちゃんが用意してくれた、僕達の遊び道具がたくさんある場所に行って、すぐに魔獣がいっぱい描いてある絵本をお兄ちゃんに渡します。

「にちゃ、ちゃ！」

「ジョーディ、なぁに？」

『マイケルお兄ちゃん、ジョーディはどんな魔獣が街に来てるのか、絵本に描いてある？　って言ってるよ』

『僕達も名前は知ってるけど、見たことないんだ』

ドラックもドラッホも見たことがなかったんだね。それだけ珍《めずら》しい魔獣なのかな？

「そっか。でもその絵本に載ってるかな？　ベル、もっと詳《くわ》しい本があったよね？」

「そうですね。確かあの本には分かりやすい説明と、絵が描いてあったはず。今持ってまいります」

ベルが本を取りに行ってくれている間に、お兄ちゃんが軽く説明してくれました。

アンデッドはどうやって生まれてくるか分からないんだけど、生きている魔獣さんも、死んでいる魔獣さんも、運が悪いとなっちゃうみたい。しかもとっても強いんだって。

すぐにベルが、厚い本を持って戻ってきました。それでページをめくって、そのまま本をお兄ちゃんに渡します。僕達はお兄ちゃんの周りに集まって、本を覗き込みました。

そこには何種類か絵が描いてあって、右には何か変な色をしていて、体の周りに黒いモヤモヤが描いてある魔獣さん達の絵、左には骸骨《がいこつ》で、やっぱり黒いモヤモヤが描いてある魔獣さんの絵が描いてありました。

黒いモヤモヤは、アンデッドには必ずまとわり付いている、アンデッドの特徴らしいです。

その黒いモヤモヤは、アンデッドが使う魔法の源《みなもと》なんだって。

それに触っちゃうと、呪いにかかっちゃうかもしれないんだ。その呪いは特別な魔法じゃないと治せません。

それにね、弱い魔獣さんでもアンデッドになると、とっても強くなるんだって。

普通なら一人でも倒せる魔獣さんが、十人いないと倒せないくらい強くなっちゃうんだよ。

そんなにアンデッドって強いんだね。グッシーとビッキー、大丈夫かな？

「ジョーディ、ビッキー達なら大丈夫だよ。とっても強いもん」

「そうですよ。ジョーディ様、絵をご覧ください。アンデッドは確かに強いですが、グッシー様よりも弱いアンデッドも多いのですよ」

お兄ちゃんとベルにそう言われて、僕は絵を確認します。

羊さん魔獣とか牛さん魔獣、他にもさっき話していた弱いアンデッドはグッシー達ならまとめて五匹は倒せるって。

「ね、だから大丈夫なんだよ」

僕は窓の方に高速ハイハイします。窓の所にいたダッグに抱っこしてもらって外を見ました。

グッシー達、怪我しないで戻ってきてね。僕達のこと守ってくれるのは嬉しいけど、でもグッシー達が痛い思いをするのはダメだからね。

夕方になって、僕達はいつもよりも少しだけ早い、夜のご飯を食べました。

ご飯を食べ終わると、レスターがチェルシーお姉ちゃん達を連れてきてくれました。今までお姉ちゃんがお部屋に来られなかったのは、みんながバタバタしていたから。

お姉ちゃんはお水の入っている入れ物に入っての移動だから、バタバタしている人にぶつかったら大変です。僕の周りは落ち着いていたけど、外は今までバタバタしていたからね。

やっと落ち着いて、急いでレスターが連れてきてくれたんだ。

「ねちゃ、しゃんしゃ、じょぶ？」

『お池のお魚さん大丈夫？　って聞いてるよ』

ドラックが僕の言葉をお姉ちゃんに伝えてくれます。

『ええ、他の子もみんな避難したわ。確かサウキー達が避難した場所と、同じ場所にいるはずよ』

そうなんだ、よかったぁ。お兄ちゃんがこの前の大会で釣ったお空を飛ぶお魚さんも、レスターがお姉ちゃんと一緒に連れてきてくれたから、みんなこれで避難完了だね。

でも、もしお家からも避難しなくちゃいけなくなったらどうする？　ってポッケが言ったら、ベルが、不思議なカバンに入れて運んでくれるって教えてくれました。

そのカバンの中には、お兄ちゃんが釣ったお魚さんも入れるから、お姉ちゃんが入っても大丈夫。

その後は何事もなく、そのまま寝る時間になりました。

でも次の日の朝ごはんを食べてすぐ、また騒がしくなっちゃったよ。街の裏で警戒に当たっていたドラックパパが戻ってきて、街にアンデッドが近づいてくるって知らせてくれました。

『ビッキー達は無事だ。森でアンデッドを四体倒したらしい。が、そのアンデッドの相手をしているうちに、別のアンデッドがこちらへ向かってしまった』

それを聞くとすぐにママが急いで街の壁の所へ向かって行きました。僕達はいつでも避難できるように、荷物をまとめて、なるべくみんな一か所にいることに。

ニッカとダッグがドラックパパに質問します。

「いったい何体のアンデッドが？」

『合計で十体だ。新しく加わったのもブラッドベアーのアンデッドの群れらしい。さっきも言ったが、すでに四体は倒して、一体は今グッシーが相手をしている。それを倒したら、すぐにまた残りも倒すと言っていた。ビッキーは先に、その残りの五体のアンデッドの元へ向かったぞ』

「十体も！」

ニッカが驚いた声を上げます。

『最初にアンデッドになったブラッドベアーに引っ張られてアンデッドになったか、それとも皆ほぼ同時になったか……』

ドラックパパがそう言うとお兄ちゃんが近くに置いてあった本を取って、ページをめくって、僕に見せてくれます。

「ブラッドベアーはこれ、怖いベアーの方ね。こっちはフラワーベアー、優しいベアーなんだ」

本には、ブラッドベアーとフラワーベアー、両方が描いてありました。

フラワーベアーは頭にお花を付けていたよ。自分でお花とか、葉っぱとか付けるんだって。頭に何か付けるのが好きみたい。それからとっても優しいお顔していました。

でも、ブラッドベアーの方は、大きな牙が生えていて、目つきも、爪もとっても鋭いです。

ブラッドベアーは強い魔獣さんで、普通のブラッドベアー一匹でも、大人が何人もいないと倒せません。だから怪我人がいっぱい出るみたい。

と、その時、お外から花火みたいな音がしました。

それを聞いたレスターが部屋から出て行って、ニッカもダッグもピリッとした感じに変わります。

「今のは、街の壁の近くに、魔獣が来たって合図だよ」

お兄ちゃんがそう教えてくれました。大変！　アンデッドが来ちゃったみたい!!

『ここはお前に任せる。私はビッキー達に合流して、奴らの相手をする！』

ドラッホパパが窓から外に出て行きます。


それからどれくらい過ぎたのかな？　いきなりドガァァァアンッ!!　って凄《すご》い大きな音がしました。

その時僕はニッカに抱っこしてもらっていて、窓から煙がモクモクしているのが見えたよ。

「チェルシー様、そろそろ中へ。すぐ移動するかもしれませんので」

『分かったわ。また後でね、ジョーディ』

チェルシーお姉ちゃんがしっぽで僕達にバイバイしたら、ベルがチェルシーお姉ちゃんと、お兄ちゃんのお魚さんをカバンの中にしまいます。

そんなことをしていたら、トレバーとレスターがお部屋に来て、ニッカとダッグに確認しろって、紙を見せました。

その後にトレバーはお兄ちゃんも呼んで、お兄ちゃんにも紙を見せます。

「マイケル様、こちらを確認ください。いいですかな。避難する場所はいつもの場所です。行き方も分かりますね」

「うん。この前パパと一緒に歩いたよ。いつもと一緒だった」

「これから避難をすることになります。もし私達と離れてしまっても、旦那様と練習なさったことを思い出して、ゆっくり慌てずに避難場所に向かってください。他の者達も避難していますから、大丈夫ですからね」

「うん!!」

避難の練習？　パパと？　地球にいた頃にやった避難訓練みたいな感じかな？　お兄ちゃん、パパとそんなことをしていたんだね。

お兄ちゃん達の話を聞いていたら、レスターがポッケとホミュちゃんに、ジョーディ様のポケットに入ってくださいって言いました。そしてミルクと子サウキーを一緒にヒョイッと抱っこしたよ。ベルはドラックとドラッホを抱っこしてます。二匹が、逃げるなら自分で走るよって言ったんだけど、他の人もいて危ないから、抱っこするんだって。

と、その時また外でパンパンパンッ!!　って連続で音がして、その後にピーピーって笛の音みたいな音もしました。すぐにトレバーが指示を出します。

「避難するぞ！　皆、各自やるべきことをやれ!!」

今のトレバーは、いつもの優しいトレバーじゃなくて、ちょっと怖い感じです。

トレバーが先頭で、次にダッグと手を繋いだお兄ちゃん、それから僕とニッカ、続いてレスターが出て、最後にベルが部屋から出て、そのまま玄関へ行きます。

玄関を出ると家の裏の壁の方へ向かったよ。裏に着いて更に歩いて行くとそこには小さなドアがあって、使用人さんやメイドさん達が、荷物を運び出していました。ここから避難するみたい。

僕達がドアから出ようとした時、バキッ!!　ドガァッ!!　凄い大きな音がして、ほんのちょっと向こうから煙が上がったんだ。それから空から声がしました。

『止まれ!!　そっちはダメだ!!』

空を見上げたら、グッシーが急降下して僕達の横に着地します。

『今すぐ戻れ!!　真っ直ぐここに向かっている!!』

それを聞いた瞬間、また大きな音が。見たら壁の向こうに黒いモヤモヤが見えました。

それを聞いた使用人さんもメイドさん達も、すぐに家の方に戻り始めます。

『早くしろ!!』

僕はお兄ちゃんと、ベルの抱っこから降りたドラック達、子サウキーとミルク、ベルから不思議カバンを受け取ったニッカと一緒に、グッシーに乗って一瞬で空へ飛び上がります。

空からそっと、落ちないように下を見たら、家の壁の近く、黒いモヤモヤの塊《かたまり》が四つ見えました。

あのモヤモヤがアンデッド?

『あのアンデッド共。何か様子がおかしい。遊びの部屋にいる方が安全だろう』

グッシーはそれだけ言うと、僕達を玄関に降ろしてすぐまた飛んで行っちゃいました。僕達はすぐに遊びのお部屋へ行きます。

大きな爆発音は続いていたけど、音のする方向が移動したような気もします。

それから少しして、またあの笛みたいな音が今度はピッピッって感じで鳴りました。

「にちゃ、ぴー」

「あの音は、避難してくださいって、風魔法の音だよ。避難する必要のある場所によって、音の長さや大きさが変わるんだ」

僕が聞くと、お兄ちゃんがそう教えてくれました。急いで避難してほしい場所にいる人達には、こうやって別の音でお知らせするんだって。

最初に僕が聞いた音は、僕達のお家と周りに住んでいる人達に知らせる音だったんだ。

「なかなか屋敷から離れないな」

お家に戻ってきたダッグが、窓の外を見てそう言いました。僕は抱っこしてくれていたニッカに、窓の方に行ってって指さします。お兄ちゃんも窓の所に行っちゃっているし、いいでしょう?

「はぁ、分かった。少し見たらすぐに離れるからな」

外を見たら、大きな煙がモクモク。それから壁に登って魔法で攻撃している人達や、弓で戦っている人達が。そのちょっと向こうに、空から攻撃しているグッシー達が見えました。

お家の裏の方からこっち、窓の方にブラッドベアーが移動してきたみたいです。

目を凝《こ》らすと、壁が壊れちゃった所に、黒いモヤモヤと大きいクマさんみたいな物が見えました。

もしかしてあれがブラッドベアーかな。

ブラッドベアーはあと三匹いるみたい。あっ、惜しい!! グッシーの炎の攻撃がもうちょっとで当たりそうだったのに、避けられちゃいました。

「変だな。あのアンデッド達、時々攻撃してくるけど、大体は攻撃を避けて、ただただ進んでいるように見える。普通だったらどんな物に対しても攻撃を続けるのに」

ダッグがそう言いました。確かに、ブラッドベアー達は避けながら少しずつ向こうに進んでいます。森から来て、街を渡って向こうの森へ行こうとしているように思います。

その時、一匹のアンデッドブラッドベアーがグッシーの攻撃を避けきれずに、思いっきり当たって倒れました。グッシーの勝ちです。みんなで拍手!! 残りはあと二匹。頑張れグッシー、頑張れママ!! 頑張れみんな!!

その後グッシー達は、なぜか何もせずに進むアンデッドブラッドベアーを追って、家からどんどん離れて行って、僕達からは見えなくなっちゃいました。

僕達がドキドキしながら待っていると、少ししてドラックパパとドラッホパパが帰ってきたよ。

今ビッキーが街に一番近い森に入って行きそうな最後の一匹をやっつけているところだから、もう大丈夫だって、教えてくれました。

でも全部のアンデッドを倒しても、僕達はまだ外に出ちゃだめみたい。

アンデッドが通った跡も、魔法の力が残っていて、呪われちゃうかもしれないんだって。光の魔法と聖魔法？　を使って、綺麗にしてからじゃないとだめだってドラックパパに言われました。

外が暗くなり始めた頃、アンデッドの様子を見に行っていたレスターが戻ってきて、最後のアンデッドを倒したって、知らせてくれたよ。ママ達もグッシー達も無事みたいです。よかったぁ。

僕達は遊びのお部屋で、いつもより少し遅い夜のご飯を食べて、そのまま遊びの部屋で寝ました。レスターが小さいベッドを二つ用意してくれたよ。

でもね、その日はママもグッシー達も帰ってきませんでした。

次の日の午後、グッシーとビッキーが帰ってきたよ。

すぐに窓を開けてもらって、僕はニッカに抱っこしてもらって、おかえりなさいをします。

ダッグがもう大丈夫なのか聞いたら、グッシーはもう自分達の仕事は終わりだって言いました。でも、帰ってくる時ママ達の方を確認しに行ったけど、ママ達はまだ仕事があるみたいだって教えてくれました。

本当はもっとグッシー達とお話ししたかったけど、今はダメ。

だって頑張ってくれたグッシー達は疲れているはず。ゆっくりしてもらわなきゃ。お話はまた後で。僕がバイバイをすると、グッシー達は小屋の方に飛んでいきました。

僕は安全になったって分かったから、チェルシーお姉ちゃんとお兄ちゃんのお魚さんを、ベルに頼んで、不思議カバンから出してあげます。

チェルシーお姉ちゃんに、カバンの中は大丈夫だったか聞いたら、揺れなかったし、カバンの中の空飛ぶ魚さんとお話ししていたから、つまらなくなかったって。

あれだけカバン動かしていたから、中のお姉ちゃん達は振られて、ぐったり疲れていたらどうしようって、ちょっと心配だったんだ。

それから少しして、ベルはママを迎えに行って夕方にはママと一緒に帰ってきました。窓から見ていたんだ。僕達は玄関でお出迎えします。

「ま〜ま!!」

「マイケル、ジョーディ！」

ママが僕達を抱きしめます。それからドラック達の頭を撫《な》で撫でしてたよ。

「みんな大丈夫だった？　怪我しなかった？」

「ママ、僕達みんな元気だよ！」

ママもベルも怪我していません。街の人達は、少し怪我しちゃった人達もいたけど、重傷の人はいないみたい。それから呪いをかけられた人達もいませんでした。ニッカ達にそう話していたよ。

そして話が落ち着くと、ママ達はすぐにお風呂に入りに行きました。

それでね、ママ達がお風呂入っている時に、今度は少し遠い街に行っていたパパ達が帰ってたみたい。夜のご飯まで玄関ホールで遊ぼうって、ニッカにおもちゃを持ってきてもらっている時に、パパ達が街の壁の所に到着したってレスターが教えてくれたんだ。

だから遊ぶのは中止にして、今度はパパ達のお出迎えです。

でも、なかなかパパ達は帰ってきませんでした。ドラックパパが見に行ってくれて、パパは街の壊れている所を確認しているって教えてくれました。パパ、お仕事で他の街に行っていたからね。

その後少しして、パパ達が帰ってきました。

僕とお兄ちゃんはパパに抱きしめられます。

「二人共、大丈夫だったか⁉」

「パパ、僕もジョーディも、みんなも怪我してないよ」

お兄ちゃんが元気に答えます。

「よかった。まさかこっちにもアンデッドは出ただなんて。ママはどうした？」

「ママは今戻ってきて、お風呂に入ってるよ。ねぇ、パパ？　パパもアンデッド倒した？」

「あ、ああ、そうだな、もちろん倒したぞ」

「マイケル様、お話は後で。旦那様も先に着替えを」

一緒に帰ってきた騎士団のアドニスさんが、少し焦った様子でお兄ちゃんとパパに話しかけます。

「ああ。マイケル、ジョーディ、また後でゆっくり話そうな」

急いでパパが階段を上って行きます。

アドニスさん達はそのまま、レスターと街の様子を見に行きました。

＊＊＊＊＊＊＊

チャーネル近くの森をリックと共に捜索《そうさく》してから、一時間が経過した。

結局あの後、アンデッドは姿を現さず、襲撃《しゅうげき》はなかったため、私——ラディスとアドニス達は、何もしないままチャーネルを後にすることになった。

だが私の街まであと半日というところで異変が起きた。

街の方角からたくさんの人々が、街から離れる方向へ移動していたのだ。

その中にいた、私がよく知っている商人に話を聞けば、街にアンデッドが現れたという。

すでにアンデッド自体は、ルリエットやグッシー、そしてドラックパパ達の活躍により、撃退はしたらしい。

だが街が破壊されたため、泊まる宿が少なくなってしまい、自分達は別の街に移動するところだというのだ。

それを聞き、私達はさらにスピードを上げ街へと戻った。

そして街へ着けば、街の東側三分の一と、私の屋敷の右側部分が破壊されてしまっていた。

慌てて屋敷の中に入ると、玄関ホールでマイケルとジョーディ達が私を出迎えてくれた。

二人が無事でよかった。マイケルによると、ルリエットも無事だと言う。

私は街で何が起こったのか話を聞くため、屋敷に残ることにした。

街の片付けにはアドニス達が行ってくれた。アドニス達はチャーネルであまり動かなかったからと言い、帰ってきたばかりだが、そのまま行ってくれたのだ。

その後、私は着替えをし、食事をしながら皆と話すことに。

「まさかこちらにアンデッドが出るなんて」

「グッシー達がいち早く気が付いてくれてね。それにグッシー達やドラックパパ達のおかげで、なんとかすることができたわ」

「そうか。皆、街を守ってくれて感謝する」

ルリエットに私がそう言うと、グッシー、ビッキー、ドラックパパ、ドラッホパパが答える。

『気にするな。ジョーディのためだからな』

『俺もマイケルのためだからな』

『俺達は子供達のためだしな』

『そうだ。うん。全ては子供達のためだ』

グッシーとビッキーは今、窓の所に氷の魔法で足場を組み、そこに乗っかり窓から話をしている。

彼らと話して、今回のアンデッドが普通ではなかったということが分かった。

基本的に奴らは、敵対する者に対しては、そいつが倒れるまで攻撃を止めることはない。街に来たのならば、街を破壊するまでは攻撃を止めないのだ。

しかし今回のアンデッドは、時々は攻撃してくるものの、グッシー達を無視して真っ直ぐ街へ向かい、その後もまるで目的地があるかのように森へ移動し続けたという。

それから私はルリエット達にチャーネルでの話を聞かせた。するとグッシーが口を開いた。

『もしかするとそやつらは、消えたのではなく、どこかへ向かったのでは？　こちらのアンデッドが、一直線にどこかへ向かおうとしていたように』

グッシーの言うことも一理ある。私達がいくら探してもアンデッドを見つけられなかったのは、すでに森にはおらず、こちらのアンデッド同様、どこかへ向かったから？　しかしどこへ？

そんな話をしているうちに、マイケルやジョーディ達はご飯を食べ終わり、そのままそれぞれが自分の遊びたいおもちゃの所へと解散していった。

ジョーディは、グッシーの近くでサウキーの乗り物に乗って遊び始める。

その時だった。ローリーやドラックパパ達が、一斉に同じ方向を見たのだ。

まさかまたアンデッドが現れたのかと、立ち上がろうとする私に、ローリーが動くなと言った。

それからグッシーが魔力を溜《た》め始めた。

この魔力は聖魔法だろうか？　綺麗な白い光がグッシーを包む。

そして窓から黒いもやの塊が、部屋の中へと入ってきた。

＊＊＊＊＊＊＊

僕やドラック達、お兄ちゃんは先にご飯を食べ終わったから、みんなで自分が遊びたいおもちゃの所に行きます。

僕はニッカに、グッシーがいる窓の所まで、サウキーの乗り物を運んでもらって遊ぶことにしたんだ。

でも、遊び始めて少しして、急にローリーやドラックパパ達が僕達の方を見てきました。

なんでみんな僕を見てくるの？　そう思ったんだけど、よく見たら、僕じゃなくてグッシーの方を見ていたよ。

僕もみんなと一緒にグッシーの方を見ます。そしたらグッシーも向こうの方を見ていたんだ。

すると、後ろでガタッ!!　と音がします。

振り向いたらパパが立っていたよ。でもそんなパパと僕達に、ローリーが動くなって言いました。

パァァァッ!!　今度はなぁに？　僕がパパ達を見ていたら、今度は後ろから光を感じたんだ。

急いで振り向いたら、グッシーを綺麗な白い光が包んでいたよ。

魔法？　どうしたの、グッシー？　もしかしてまたアンデッドが来ちゃった？

でも、ローリーは動くなって言ってるよね。自分も動いてないし、ドラックパパ達も動いてない。

何かおかしい。そう思った時、窓からフラフラ黒いモヤモヤの塊が、お部屋に入ってきました。

僕の両方の手を合わせたより、少し大きいくらいの黒いモヤモヤの塊で、その塊はちょっと部屋の中をフラフラした後、僕のちょっと前にぽとんって落ちたよ。

僕は黒いモヤモヤをじっと見つめます。そしたらモヤモヤが所々薄い所があって、その薄い所をじっと見たら……

「すー!!」

黒いモヤモヤの中にスーの顔が見えました。

『スー、どうしたの⁉』

『なんでモヤモヤなの⁉』

ドラックとドラッホもスーに気付いて驚いた声を上げて、僕は急いでサウキーの乗り物から降ります。

高速ハイハイでスーに近づこうと思ったんだけど、ビッキーが大きな声で僕を止めました。

『皆、近寄るな‼』

それを聞いて、慌ててニッカが僕を抱っこします。

ドラック達のことはドラックパパ達が咥《くわ》えて、ベルがポッケ達を抱っこしました。

『アンデッドの呪いを受けている‼　今からグッシーが聖魔法を使うから、お前達はその間、絶対にスーに近寄るな。呪いを貰うぞ！』

アンデッドの呪い？　大変‼　今グッシーは、呪いを消す魔法を使うために、魔力を溜めている最中なんだって。ちょっと時間がかかって、難しい魔法みたい。

その間スーはとっても顔色が悪く、とっても苦しそうに息をしていました。

でも、少しして今までゼーゼー息をしていたスーが、静かに息をし始めたんだ。

それを見てビッキーが叫びます。

『グッシー‼　まずいぞ‼　呪いに喰われる‼』

なになに⁉　どういうこと⁉　ローリーもドラックパパ達も早くしろって言ってます。よく分からないけど、グッシー‼　スーを助けて‼

『よし!!　準備できたぞ!!』

グッシーがそう言ったとたん、グッシーを包んでいた光が、一か所に集まり始めて、グッシーの顔くらいの大きな光のボールになって、それがゆっくりスーの所に飛んでいったんだ。

そしてスーの所まで行くと、光の玉はスーのことを呑《の》み込んじゃいました。

グッシー、これでいいの？　これで大丈夫なの？

中が見えないから、今スーがどんな状態か分かりません。

「ちー？」

僕はグッシーのことを呼びました。グッシーは僕を見て笑った後、すぐに光の玉の方を見てキリッとした顔になったよ。

すると白い光が消え始めました。完璧に光の玉が消えるとそこには、ぐったり倒れたままのスーの姿が。

『よし、呪いは完全に消すことができた。次は回復だ！』

グッシーの体がまた光り始めます。

今グッシー、呪いは消せたって言ったよね。じゃあ、元気になる魔法かけたら、スーはまた元気になるんだよね。僕はドキドキしながら、グッシーが魔法をかけ終わるのを待ちます。

『……よし、これで大丈夫だ。スー、聞こえるか？』

スーの足がピクって動いて、その後そっと目を開けました。それからゆっくり起き上がります。

体をブルブル、羽をバタバタ。足をピッピッて、片方ずつ動かして、それが終わってから自分の体を見て、周りを少しキョロキョロしました。最後にグッシーを見て飛び立ったんだ。

『スー！　復活!!』

スーはそう叫んで、部屋の中を一周しました。

『はぁ、もう大丈夫だ。完全に回復した』

グッシーのその言葉を聞いて、僕はバタバタします。するとニッカが僕を抱っこから下ろしてくれたから、僕は思いきりスーの名前を呼びながら、スーの方へ高速ハイハイです。

「すー!!」

『ジョーディ!!』

スーも僕の方に凄いスピードで飛んできて、僕の顔にスーがぶつかってきました。

「ちゃい!!」

『イタッ!!』

僕は顔をスリスリします。スーも羽で顔をスリスリしてたよ。

その後二人でお互いを見つめて、僕はスーのことを抱きしめました。

それでスーに声かけたんだけど、でもスーは何も言ってくれません。

もしかして復活って言ったけど、まだ具合が悪いのかな？　と思ってスーを見たら……スー、泣いていました。

『よかった、僕、消えなかった。ジョーディに会えた』

それを聞いて、僕も泣いちゃったよ。

ドラック達も僕達の周りに集まってきて、一緒に泣いています。

僕達が少しの間泣き続けていたら、いつの間にかスーが寝ちゃいました。

パパとママが、少し寝かせてあげなさいって言ってきたよ。

「おそらくこの様子なら、手紙は渡せたようだな」

「ええ、私も大丈夫だとは思うけど」

「父さんの方に出たアンデッドがどうなったか気になるし、どうしてスーが、アンデッドから呪いを受けたのか、父さん達は無事なのか、聞きたいことはたくさんあるが……回復したとはいえ、少し休ませてやらないと」


スーが起きたのは、それからちょっと経ってからでした。

そろそろ話を聞かないとって言ってママが起こしたの。

スーはもぞもぞ起きました。周りをキョロキョロして僕を見つけると、すぐに僕の所に飛んできて、僕のポケットに入ったよ。

僕達はその状態で、みんながいつもゆっくりする部屋に行きました。

「さて、まだ疲れているかもしれないが、スー、話を聞かせてくれるか？」

パパがスーと話し始めました。

『僕、ちゃんと手紙は渡したんだよ』

じぃじはスーに、手紙を持って帰ってくる時は、じぃじは森でアンデッドの相手をしているから、森に手紙を持ってきてくれ、って言ってたんだって。だからスーは言われた通り、アンデッドが出た森に向かったらしいです。

でもその森の中で、ウインドバードっていう魔獣さんのアンデッドに鉢合《はちあ》わせしちゃったんだ。ウインドバードのアンデッドは全部で三匹いて、スーは慌てて逃げようとしました。

でも、そのウインドバードの様子がおかしかったんだ。本当なら見つけた物はすぐに襲ってくるはずなのに、スーのことを見ても全然襲ってこなかったんだって。

だからスーは逃げようとしたんだけど、少しだけアンデッドを観察したらしいです。

それで気付きました。アンデッド達が向かっている方向は、じぃじ達がいる方だって。

スーは少しでもアンデッドが森に近づくのを遅らせるか、方向を変えようと、アンデッド達の周りを飛んだり、前を飛んで邪魔してみたり。

でもアンデッドはそのまま真っ直ぐ、スピードを落とさずにある程度進んだ後、突然スーのことを襲い始めたんだ。

攻撃は完璧には当たらなかったけど、しっぽに当たっちゃったんだって。もうダメだと思ったスーは、アンデッドから離れて、急いでじぃじの所に飛んでいきました。

それで、じぃじの所にはちゃんとたどり着いたんだけど、その時攻撃で受けた呪いは、スーの体の半分くらいまで広がっていたらしいです。

手紙を届けてくれたスーに、じぃじは僕達の所に行くように言いました。じぃじはグッシーのこと知っているからね。回復魔法が使えるなら、グッシーが治してくれるかもって考えて、スーに僕達の所に行けって言ったんだ。

その時、スーが見たウインドバードがじぃじ達の所に。でもウインドバードはスーをチラッと見て、じぃじ達のこともチラッと見ただけで、真っ直ぐそのまま進んでいきました。

ウインドバードが進んでいたのは、じぃじ達の所に出たワイバーンのアンデッド六匹が通っていった道だったんだ。

それで、もう少し様子を見るって言ったじぃじは、スーを送り出してくれました。スーはじぃじが心配だったけど、呪いを解かないといけないから、急いで僕達の所に来ました。

スーが僕の家に着いた頃には、呪いは体全体に回っていました。

「父さん達の方に出たアンデッドも、どこかへ向かったなんて……私は準備を整えて、明日の朝には父さん達の所へ出発しようと思う」

「その方がよさそうね。それにしても、あっちのアンデッドも、私達の方と同じ方角に向かったのかしら？　一度にこんなにアンデッドが現れるのもおかしいし」

パパ達は色々お話を始めました。

スーには他に聞きたいことがあったらまた聞くから、それまでゆっくりしていてくれって。

僕はニッカやダッグにおもちゃを持ってきてもらって、その場で遊ぶことにして、スーには僕のポケットでお休みしてもらうことにしました。

それにしても。スー、無事でよかったよ。グッシーが『もう少しでも遅かったらスーは死んでしまっていた』って言ってました。そんなことになったら……はぁ、本当によかった。

3章　本物のキノコさん

この日、我――ペガサスは、数日前に森に現れたアンデッドを倒し、ようやく森に安全が戻ったため巣に戻り、あることをしていた。

まったく、あのおかしな黒ずくめの人間が森で『闇の化身』を復活させようとしたせいで、この前までバタバタしていたというのに、今度はアンデッドの相手をすることになるとは。

そんな中、ワイルドボアが我の元へやって来た。また何か問題かと一瞬身構えたが、どうもそうではないらしい。

『なんの用だ。我は今忙しいと、お前も知っているだろう』

『それがなぁ、遠くから来たという、キノコの街の住人に会ってな。お前のことを訪ねてきたらしい。街の長老の名前はドモンと言っていた』

『ドモンだと？』

奴が自ら来ずに、街の住人をよこしたのか？　私はワイルドボアに、キノコの住人を連れてきてくれと頼んだ。

少ししてワイルドボアが連れてきたのは、子供のキノコ達だった。

この森までドモンの森からはかなりの距離があるはずだが、子供達だけでここへ来させたのか？

一番年上のキノコの子の名前はクルドというらしい。ここまでどうやって来たのかと聞けば、小鳥達にお願いしてここまで乗せてもらったということだった。

キノコ達が使う『移動キノコ』という物があるのだが、それは使えなかったようだ。それはキノコ達が魔力を込めると、他の場所へ瞬間移動することができる優れ物だが、充分に育っていないと使えない。

だが、ここまで来る途中、隣の森で成長した移動キノコを見つけたので、帰る時はそれを使うとのことだ。

ここへ来た理由を聞けば、この子達の森が大変なことになっているらしい。土は枯れ、木々や花々も枯れ、このままでは全てが消えるかもしれないようだ。

長老ドモンは我の友人で、昔は秋になるとよく会っていたのだが、最近はなかなか会えていなかった。また近々会いに行こうとは思っていたが、そんなことになっているとは。

子供達からドモンからの手紙を受け取ると、その手紙には、今の森の状況と、あまり時間は残されていないということ、そして私に、どうか手を貸してほしいと書いてあった。

はぁ、何もこんな時に、こんな事件が起こらなくてもいいだろうに。本当だったらすぐに駆け付けてやりたいのだが、今の私には、どうしても森から離れられない用事があるのだ。

クルド達にもドモンにも申し訳ないが断るか？　それとも私の代わりに誰かを行かせるか？　しかし我と同じくらいの力を持ち、原因不明の森の破壊を止める方法を見つけ、その対処ができるような魔獣がどこに？　奴のような魔獣がいれば別だが……

ん？　奴のような魔獣？　そうだ、あやつがいるではないか！　しかしあやつにも今は大切な者がいるからな。手を貸してくれるかどうか……だが、動かないよりはいいか。

『いいか、これから大事な話をするからよく聞くのだぞ』

クルド達は我の前でピシッと立つ。

まず、我は行けない理由を話した。するとクルド達はすぐに納得し、我が行けないことを理解してくれた。

『すまないが、こういうことなのだ。しかしそれではお前達の森を救えなくなってしまう。そこで我から一つ提案がある。ある者に協力を仰いでくれ。我から話はつけておく』

『はい！』

そして二日後。私は皆を送り出した。

＊＊＊＊＊＊＊

「それじゃあ行ってくる。子供達のことを、街のことを頼む」

「ええ、任せて。あなたこそ気を付けてね」

「パパ、行ってらっしゃい!!　ビッキー頑張って！　パパを守ってね」

『ああ、任せろ。グッシー、マイケルを頼む』

『もちろんだ』

「二人とも、ママの言うことをよく聞いて、いい子にしているんだぞ」

「ぱ〜ぱ！　ちゃい!!」

僕達は今、家の玄関前にいます。パパとビッキー、アドニスさん達のお見送りをするためです。

昨日スーとお話ししたパパは、その後アドニスさん達を呼んで、これからのお話をしたみたい。

それで今日からパパ達は、じぃじがいる森へと向かいます。じぃじは今、アンデッドを追っているでしょう。だからパパ達も急いでじぃじのいる森に行くんだって。

じぃじはとっても強いし、アンデッドは、あんまり攻撃をしてきてないらしいから大丈夫だとは思います。でも、もしかしたらスーみたいに呪いを受けているかも。

じぃじの所にも、治してくれる人がいるけど、グッシーみたいに力が強くないみたい。

それで、その治してくれる人も、怪我をしたりや呪いを受けちゃっていたりしたら大変です。僕の街にも治してくれる人がいるから、パパ達はその人を連れて行くんだよ。

『マイケルや子供達のためにも、今回のアンデッドの異変の原因を見つけなければ』

そう言ってビッキーも、ついて行ってくれることになったんだ。

先頭はアドニスさん達、次にビッキーに乗ったパパ。それから騎士さん達が並びました。

もう一度パパが僕達に行ってきますをします。

「じゃあ行ってくる!!」

「気を付けて！」

「行ってらっしゃい!!　パパ！　ビッキー!!　頑張れ!!」

「ちゃのぉ!!」

みんながゾロゾロ進み始めて、パパはずっと僕達に手を振ってくれて、僕達もパパが見えなくなるまで、ずっと手を振っていました。パパもビッキーも、それにじぃじも、みんなきっと大丈夫。

スーが僕のポケットの中で、じぃじのことをずっと心配しています。

スーは元気になったけど、また何かあるといけないから、僕達と一緒にお留守番です。

本当は一緒に行くって言ったんだけど、グッシー達にダメだって言われました。だから今ちょっと元気がないの。

そうだ!! 今日はスーと一緒にパパ達の応援をしよう。それから少しでも元気になれるように、スーが遊びたいことをみんなでしてあげよう。うん、それがいいよ!!


パパ達が出発してから二日。グッシーとドラックパパ達は森の見回りに、ママとベルは壊れちゃった家や、街の壁を直しに行ったりしています。

僕の家は半分くらい直りました。壁は全部直ったけど、お庭がまだ直ってないの。

壁を直してくれたのは、サンクスさん達——お庭を綺麗にしてくれる人達と、トレバーです。トレバーが指揮をとって、一日で壁を直しちゃったんだ。

トレバーもサンクスさん達も凄かったんだよ。僕達が昨日、子サウキーを群れに戻すか、小屋に戻ったサウキー達に聞きに行ったの。そうしたらもう少し落ち着くまで、僕達の側にいた方がいいってことになったんだ。

そのお話の最中ずっと、ガタン、バタン、カンカンカンって音がしていたから、お話が終わってから見てみたら、音はトレバー達が家の壁を直している音でした。

そのトレバーの動きに、僕は驚きました。トレバーはいつもゆっくり歩いているのに、その時はサンクスさん達に指示を出しながら、素早く動いていたんだ。

サンクスさん達も動きが見えないくらい、手を素早く動かして、どんどん壁を直していたよ。

動きが見えなかったのは、僕だけじゃありません。

「にゃぁよ」

『マイケルお兄ちゃん。ジョーディはおじさん達の手が見えないって』

『僕も見えない。おじさん達の手、なくなっちゃった？』

ドラックもドラッホも見えなかったみたいで、そうお兄ちゃんに話しかけます。

「なくなってないよ。見えないだけ。僕も見えないよ」

『お前達、アレは動きが速すぎて、お前達には見えていないだけだ』

『オレ達でも、気を付けないと見えないくらいだからな。いや、時々見えないか』

ドラックパパ達も見えないって言ってます。それくらい速く動いていたんだ。サンクスさん達、お庭を綺麗にしてくれる人達だよね？　パパ達みたいに戦うんじゃないよね？　どうしてそんなに速く動けるの？　僕の頭の中は、ハテナでいっぱいでした。

そんなとっても速く動くトレバーやサンクスさん達のおかげで、すぐに家の壁は直ったんだ。

家の壁を直し終わったトレバー達は、街の広場を直しに行っちゃいました。

それで今は僕達は家の外、玄関前でお兄ちゃんと遊んでます。何かあると危険だから、ドラックパパ達が一緒です。

「ジョーディ、いくよ!!」

お兄ちゃんが僕の方にボールを転がして、僕はそれを上手にキャッチしました。

僕達が森の中の家にいた時よりも、取るのは上手くなったんだ。でも……

『ジョーディ！　オレの方に投げてなんだな!!』

そう言ってきたミルクの方に僕はボールを転がします。

でも、ボールは横にいるドラッホの方に行きました。

なんで？　僕、真っ直ぐに投げているのに、なんで横に転がるの!!

『ジョーディ、ダメ～』

ドラッホがミルクの方にボールをパンチ！　して、ボールは真っ直ぐミルクの方に転がりました。

『次はドラックなんだな！』

ミルクからドラックに、ドラックからポッケとホミュちゃんの方にボールが渡ります。

ポッケ達はミルクの隣にいる、子サウキーの方にボールを転がしました。

『キュキュ!!』

『ジョーディに転がすなんだな！』

子サウキーが僕の方にボールを転がして、ボールは僕の少し斜め横を通って行っちゃったけど、
僕よりも転がすのが上手だね。

僕はボールを追って、あのよく分からない白いキノコさんが生えている方に行きました。

それでね、僕がボールを持った時、キノコさんがポワッと光った気がしたんだ。

僕は立ち止まってキノコをじっと見ます。でも、キノコさんは光っていませんでした。

「ジョーディ！　ほらボール投げて！」

お兄ちゃんに呼ばれて、僕はみんなの所に戻ります。やっぱり気のせいだよね。

その後は僕がみんなにボールの転がし方を教えてもらって、遊びは終わりになりました。


パパがじぃじの所へ向かって四日目。

そろそろじぃじの所に着いたはずって、ママはパパのことを心配しています。

「はぁ、あの人は無事に、お義父様《とうさま》と合流できたかしら」

「大丈夫ですわ、奥様。ビッキー様もついております」

ベルがそんな風にママに話しかけると、お兄ちゃんも元気そうに声を上げます。

「そうだよママ!!　ビッキーがパパを守ってくれるよ。ね、ジョーディ！」

「ちゃっ!!」

僕達の街の方は、あと少しで壊れちゃった家が全部直るんだ。そう、あの見えない動きでどんどんみんなが直しているから、予定よりも早く直るみたいです。お家のお庭も、サンクスさん達の見えない動きで、すぐに元通りになりました。

でもまだ勝手に遊ぶのはダメなんだ。もう襲われたりしないって、しっかり分かったら、自由に庭で遊べるの。それまでは必ずママやグッシー、ドラックパパ達と一緒じゃないとダメ。

「はぁ、なにもしないでいると、色々考えちゃうわね。マイケル、ジョーディ、みんなも。ちょっとお外に行きましょうか」

みんなで玄関前に行きます。サウキーの乗り物じゃなくて、お兄ちゃんが僕くらいの歳の時に使っていた、オオカミさんの乗り物を持ってきてもらって、玄関の前でグルグル回ります。

ママはその間、ベルに椅子を持ってきてもらって、キノコさんとは反対側の方に座って、編み物を始めました。

でも玄関前で遊び始めてすぐでした。僕がママの前に到着したら、キノコさんの生えている所が、いきなりポワァって光り始めたんだ。

それを見たママが急いで僕達の前に立って、魔法を使う姿勢になりました。

それから、ちょうど見張りの交代でどっちとも側にいたドラックパパ達も、僕達の前に立ちます。

「マイケル様！　ジョーディ様！　こちらに！」

レスターが僕達をなるべく下がらせようとしました。

その瞬間、ボンッ!!　いきなり大きなイノシシさんみたいな魔獣が現れて、すぐにママが魔法を放ちます。でも、その魔法と同時くらいに、イノシシさん魔獣が何か言いました。

「ウインドカッターッ!!」

『ここがペガサス様が言っていた場所……まずい!!』

ビュウウゥウッ!!　物凄く強い風が吹いたけど、ドラックパパ達が守ってくれます。

そして風が止めば、玄関前に置いてあった物やお花が、あちこちに飛んでいっちゃってごちゃごちゃになっていたよ。

『皆、止まれ！　ルリエット、こやつは敵ではない！　それからお前、お前はその場を動くな。死にたくなかったらな！』

グッシーの言葉に、イノシシ魔獣さんがそっと少し後ろに下がりました。

それを見てママは、まだいつでも攻撃できる格好をしているけど止まったよ。

僕、ドラックパパ達に、魔獣さんの言葉が分かるようになる魔法をかけておいてもらってよかったです。

だってイノシシ魔獣さんの顔は、怒っているように見えたんだけど、イノシシ魔獣さんの声はとっても静かで、全然怖くなかったからです。

『ジョーディ、覚えていないか？　それにニッカも。お前達が出会ったあの森で、ペガサス達と一緒に戦った時、こやつも一緒に戦っていたのだぞ』

グッシーがそう言いました。ペガサスさんと一緒？　それって、使用人のふりをして僕をさらったコリンズ達と戦った時だよね。

あの時一緒に戦った、いっぱいの魔獣さん達の中に、このイノシシ魔獣さんもいたの？

魔獣さんの名前はワイルドボアだって。いたかなぁ？

僕が考えているうちに、グッシーがワイルドボアと話を始めました。

『それで、お前達はなにをしに来たんだ』

お前達？　ワイルドボアしかいないよね？

僕はドラックパパの後ろから顔を覗かせて、ワイルドボアを見ます。ほら、誰もいないよ。

でも、ドラックパパも随分大人数で現れたなって言いました。

『お前に話があって、皆でここまで来たんだ。お前達、奴がグッシーだ。そういえばこの感じ。契約したのだな』

『ああ。と、話を進める前に。ルリエット、敵ではないからな。本当に攻撃はするなよ』

ママはまだちょっと疑っている顔をしていたけど、グッシーにそう言われて普通の姿勢に戻ります。

『よし、お前達、もう大丈夫だから出てくるといい』

そうしたらホミュちゃんが『あっ』って、羽でワイルドボアの足の所を指しました。

足下から、とっても小さい小鳥さん達が出てきたんだ。ホミュちゃんと同じくらい。あんなに小さいなら、ワイルドボアに隠れていたら見えないね。

でも出てきたのは小鳥さんだけじゃありませんでした。なんと……

「にょこ!!」

なんとキノコさん達が出てきたの。これにはミルクもスーもびっくりしたみたいです。

『キノコさんなんだな!?』

『動いてる!!　本当にキノコさん!!』

みんな小鳥さんよりも小さくて、小さい手と小さい足、背中には木の葉っぱで出来ている、

リュックみたいな物を背負っています。

「あらあら、随分可愛らしいお客様がいっぱいね。そういえば、さっきグッシーに話があると言っていたわね。グッシー、遊び部屋の窓の所へワイルドボアを連れてきて。他の子達はお部屋に入ってお話ししましょう」

小鳥さん達やキノコさん達が顔を見合わせます。大丈夫、怖くないよ。

ドラック達からベルに伝えてもらって、おままごとで使う小さいテーブルと椅子を持ってきてもらうことにしました。

その間にグッシーは小鳥さん達とキノコさん達を、大丈夫って説得してます。

ワイルドボアさんも僕達について行けって言ったから、みんなそうしてくれるって。

キノコさん達と小鳥さん達は、ドラックパパの背中に乗って移動です。

家の中に入ったら、みんなキョロキョロしてました。

『僕達の家と、似てるところと全然違うところがあるね』

『何かキラキラしてる物がいっぱいね』

『みんな静かに！』

歩いている時に、そんなお話をしていました。キノコさんのお家、どんなのなのかな？

部屋に到着すると、ママが僕をソファーに座らせてくれて、僕の隣にお兄ちゃんやみんなが座ります。ベルが持ってきてくれたおもちゃの椅子をテーブルに並べて、その椅子にキノコさん達が座れば、うん、やっぱりピッタリ!!

それからレスターが飲み物を運んできてくれました。

キノコさん達には、小さい木の実の殻《から》に、お茶を入れてきてくれたよ。

「すみません。なにを召し上がるのか聞かずに用意してしまったのですが」

『あ、あの。僕達、このお茶に似ている物を飲みます。だから大丈夫です』

レスターが頭を下げると、キノコさん達もそう言って頭を下げます。

「そうですか。それはよかったです」

お茶を配り終えると、レスターがママの横に立って、これで準備は万端。

ママがお茶を一口飲んでお話を始めました。

「まずは挨拶しましょうか？　私の名前はルリエットよ。それから……」

ママが順番に僕達の名前をキノコさん達に伝えます。それが終わったら、キノコさんの中でも一番大きなキノコさんが、椅子から立ち上がって、自己紹介してくれました。

『あ、えと、僕の名前はクルドです。よろしくお願いします！』

一番大きいキノコさんの名前はクルドでした。えっとね、クルドお兄ちゃんは八歳だって。マイケルお兄ちゃんよりもお兄ちゃんだったよ。他のキノコさん達はみんな六歳。それでもやっぱりお兄ちゃんより年上でした。

クルドお兄ちゃん達は、この前一緒に戦ったペガサスさんが住んでいる森まで、大きな森を十個も越えるくらい、とっても遠い場所から来たんだって。

しかも大人のキノコさんは一緒じゃなかったんだ。小鳥さんに乗って、子供だけでそんなに長い旅に出るなんて凄いね。

でも、僕達の所にはキノコで来たんだって。

玄関の所に生えていたキノコ、あれはキノコさん達の移動に使う、魔法のキノコだったんだ。

ペガサスさんの所に行く時は、クルドお兄ちゃんの街にあるキノコさんはまだちょっと小さくて、移動に使えるだけの魔力がなかったから、小鳥さん達に乗って移動したの。

ペガサスさんの所にも、魔法のキノコが偶然生えているのを見つけて、僕の家まではすぐに移動できました。

それで僕達の所に来た理由だけど。

今からちょっと前、キノコの街で育てていたキノコがほとんど、一斉に枯れちゃう出来事がありました。それから綺麗な土がどんどん黒くなっちゃったんだって。

異変が起きたのは、キノコさんの街だけじゃありません。キノコさんの街がある森も、奥の方から土が黒くなり始めて、今ではそれが森全体に広がってるみたいです。

さらに黒い土に変化が。ただ黒かった土が、禍々《まがまが》しい黒色に変わったの。

だから森に住んでいる強い魔獣さん達が集まって、森を調査しました。

でも、まったく原因が分からなかったらしいです。そこでキノコの街の長老様が、ペガサスさんとお友達だったから、ペガサスさんに助けを求めたんだって。

本当は長老様か、他の大人キノコさんが行ければよかったんだけど……大人キノコさん達は全員で、街の土やキノコが、これ以上ダメにならないように守らなくちゃいけなくて、そこでクルドお兄ちゃん達が、ペガサスさんの所へ行くことになったんだ。

『お前達の長老の名は？』

『ドモン長老です』

『ドモン……我の知らない名だな。やはり我の知っているキノコの街ではないな』

ペガサスさんの森に着いたクルドお兄ちゃん達は、ペガサスさんとすぐに会えてお話しできました。

できたんだけど……ペガサスさん、とっても大切な用事があったみたいで、クルドお兄ちゃん達の街には行けないって言ったんだ。

でもペガサスさんは、自分が行けない代わりに、グッシーのことをクルドお兄ちゃん達に教えました。こうしてクルドお兄ちゃん達は僕達の所に来ることになったんです。

『僕達が出発して何日も経ってます。もしかしたら森はもう全部が黒くなってるかも。どうか力を貸してください!!』

クルドお兄ちゃん達がグッシーに向かってお辞儀《じぎ》します。

『話は分かった。だが、こちらも色々と問題が起きているし、そして我にも守りたい者がいる。簡単に返事はできん』

『はい。それはペガサス様にも言われました』

『そうか。とりあえず、これからさらに詳しく話を聞く』

グッシーがそう言った時、誰かがドアを叩きました。使用人さんだったよ。

「奥様、フースタンの街から連絡です！　あちらの街にもアンデッドが現れたと」

「なんですって！　それで街は？」

「それがこちらと同じようで、一直線にどこかへ向かって走り去ったらしく、詳しい内容は手紙に……」

レスターがドアを開けて使用人さんから手紙を受け取ると、ママに手紙を渡します。

ママは急いで手紙を読んだよ。

手紙を持ってきてくれた人は今、お屋敷の門の所で待っているみたい。

ママは手紙を読んだ後、手紙を持ってきた人を呼ぶようにレスターに言ったよ。

「私はあちらの話を聞かないと。クルド君達の話はグッシーに任せるわ。クルド君、後でしっかり確認するから、グッシーにしっかりお話しして。それからグッシー、話を聞いたからと言って、勝手に行動してはダメよ」

ママはそう言って、ベルと一緒に部屋から出て行っちゃいました。

『またアンデッドが出たのか？　我が生きてきて、一度にこんなたくさんアンデッドが現れたことはなかった。どう考えてもおかしい』

『そういえばクルドお兄ちゃん、僕達もアンデッド見たよね』

『いっぱい見たよね』

キノコさん達がそう話し合うのを聞いて、グッシーが少し怖い顔をします。

『お前達、それは本当か？』

クルドお兄ちゃん達、最初は飛んで移動していたでしょう？　その時に何回もアンデッドを見たんだって。一番最初に見たのは、クルドお兄ちゃん達の住んでいる森から二個目の森を越えている時。リザードっていう魔獣のアンデッド。五匹の群れでした。

それからも色々な場所で、クルドお兄ちゃん達はアンデッドを目撃しました。一度凄く近づいちゃったこともあったみたい。

でも、大丈夫だったの。襲われると思ったけど、みんな知らん顔でどこかに走って行っちゃったんだって。なんかそんなアンデッドばっかりだね。

『そういえば――』

ワイルドボアさんが、ペガサスさんの住んでいる森のことを話し始めました。

クルドお兄ちゃん達が着く少し前、ペガサスさんの森の端の方に、ワイバーンとクロコっていう魔獣のアンデッドが、三匹ずつ出たんだって。

それでそのアンデッド達は、またまた一直線に森の最奥へと進んで、ペガサスさん達も急いでアンデッドを追って最奥に行って、それで一気のアンデッドを倒しました。

う～ん、なんだろう。アンデッド達、一直線に走るのが流行っているのかな？　それと、攻撃しなくなったのは、優しいアンデッドに変化したとか？

『一体どういうことだ？』

グッシーが首をかしげていると、クルドお兄ちゃんがおずおずと口を開きました。

『あの、僕達、この街の近くでも、アンデッドを見ました』

『それはブラッドベアーか？　我らの街に来たアンデッドはブラッドベアーだった』

グッシーが聞くと、クルドお兄ちゃんは首を横に振りました。

『いいえ。ワイルドボアです』

『そうか、違うのか』

『オレの仲間か。アンデッドになるなど、悲しいな』

クルドお兄ちゃん達が見たワイルドボアのアンデッドは、そのまま誰にも邪魔をされず、森の中を進んで行ったたって。

そこは街から半日くらいの所にある森です。グッシーはそれを聞いて、その辺までなら確認に行っていたのに見なかったたって、また首をひねります。

その時でした。いきなりグッシーと、大人魔獣達が一斉に窓を見ました。

『グギャアアアッ!!』

魔獣の大きな鳴き声が聞こえて、家がちょっと揺れたんだ。

『まずい！　結界を……!!』

グッシーがそう叫んだのと同時に、物凄い風が部屋の中に吹き荒れました。

「にょおぉぉぉ!?」

『わあぁぁぁ!?』

ソファーに座っていた僕は転がりそうになりました。風に耐えながらニッカが僕を、ダッグがお兄ちゃんを押さえてくれます。

僕はポケットの中でほっぺを凹《へこ》ませて『う』の顔した、ポッケ、ホミュちゃん、スーを一生懸《いっしょうけん》命《めい》手で押さえたよ。ドラック達はドラックパパ達が咥えて飛んでいかないようにしてました。

『ギャオォォォッ!!』

凄い風の中、またあの鳴き声が聞こえます。よく見たら窓が割れていて、壁もちょっと壊れちゃっていました。

『今結界を張る!!』

グッシーが急いで結界を張ってくれようとしたんだけど、ワイルドボアの『来るぞ!!』って声がして、何かの大きな影が窓の外を通るとまた鳴き声がしました。

その鳴き声が聞こえた瞬間、ヒビが入っていた壁が崩れて、グッシー達が入れるくらいの、大きな穴が壁に開いちゃったんだ。

「一体何事ですか!?」

トレバーがそう叫ぶと、グッシーが怖い顔で返事をします。

『おそらくワイバーンのアンデッドだ!!』

『おい、話は後だ。また来るぞ!!』

壁の穴から部屋に入ってきたワイルドボアがそう言った後、物凄い風が吹きました。

そして風が弱まった時、僕はクルドお兄ちゃんや小鳥さん達のことを思い出しました。

「くりゅ!! りしゃ!!」

『そうだ!? クルドお兄ちゃんどこ!!』

ドラックがそう言って、みんなでキョロキョロ、クルドお兄ちゃん達を探します。

そしたらポッケが、窓から離れた所に置いてあるチェストの足元に、クルドお兄ちゃん達を発見しました。

よかった、みんな飛ばされてなくて。

みんなでクルドお兄ちゃん達の所に移動すると、グッシーが結界を張ってくれました。

レスターがいつでも動けるように、ドアを開けに行こうとします。でもその時クルドお兄ちゃんが『あっ』って。

『僕、いい物持ってるのを忘れていました！　皆さんも僕達のように小さくなって、物陰に隠れながら移動すれば、きっとここから安全に逃げられます』

そう言って、クルドお兄ちゃんが背負っていた葉っぱのリュックをゴソゴソします。

グッシー達が待てって言ったけど、クルドお兄ちゃんは攻撃が止まっている今のうちにって言って聞きません。

クルドお兄ちゃんはリュックから出した何かを持って、僕達の中心に立ちました。

『いきます!!　すぐですよ。○△□☆……』

『ま、待て!!』

僕の知らない言葉で、何かを言ったクルドお兄ちゃん。

すぐにクルドお兄ちゃんの手から、キラキラした何かが舞い始めます。そのキラキラが僕達の方に飛んできて、僕達の体がキラキラし始めたよ。そして……

しゅうぅぅ……僕の体が小さくなり始めたんだ。

僕だけじゃありません。みんなも小さくなっていきます。

『くっ！　待てと言ったのに！』

グッシーがそう言った時にはみんな、クルドお兄ちゃん達みたいに、とっても小さくなっていました。

あっ、でもグッシーとワイルドボア、それにニッカは、僕達よりも大きいよ。グッシーの身長はご飯を食べるテーブルの半分くらいかな？　大きさの比率は変わらずに、みんな小さくなった感じです。でも違うこともあります。

『ジョーディ、僕達と一緒』

『面白いなの！』

『僕も変わってないみたいだね？』

ポッケとホミュちゃんとスーはいつの間にか僕のポケットから出ていたんだけど、全然大きさが変わっていませんでした。

『もともと、僕達と同じ大きさくらいだと、大きさは変わらないんです』

クルドお兄ちゃんがそう説明してくれました。

それからもう一度グッシーが結界を張ってくれました。

『まったく、待てと言ったのに、それなのに勝手に我らを小さくしおって』

グッシーがブツブツ言いながら、クルドお兄ちゃんの前に立ちました。

『でも小さくなって隠れて、それにグリフォン様……』

『我の名はグッシーだ』

『えと、グッシー様の結界と、この置物のおかげで、今は風の影響がちょっとです』

『確かにそうだが、このキャビネットが倒れたらどうする。それに、これでは我が奴を攻撃できないではないか』

うん。まだアンデッドはいるもんね。それに、外から聞こえる鳴き声が一つ増えているような？

『はぁ、とりあえず、この部屋からなんとかして出よう』

グッシーの言う通り、まずは部屋を出て、安全そうな場所へ避難しないと。

それからクルドお兄ちゃんには、グッシーやドラックパパ達、ワイルドボアさんを元の大きさに戻してもらわないとね。

戻る時は一匹ずつしか戻れないんだって。時間がかかっちゃうから、僕達は完全に危険が去ってから戻ることになりました。

グッシーがドアまでの道に結界を張ってくれて、僕はグッシーの背中に乗ります。

お兄ちゃん達はニッカも乗って、ドラック達はドラックパパ達に咥えられていたよ。

ポッケ達やクルドお兄ちゃん達は、僕とグッシーの陰に隠れながら進むって。

『いいか。皆、絶対に我らから離れるな。今は結界とキャビネットでだいぶ風を防げているが、ここから出れば結界があるとはいえ、かなりの風が吹く可能性がある』

最初に僕達がポッケ達と一緒に出て、次にドラック達が、そして最後にワイルドボア達が。キャビネットの外は、思っていたよりも風が吹いていなかったよ。

『ミー君、大丈夫なんだな？』

『キュキュイ……』

ミルクが隣にいるミー君に聞きます。

あのね、この前みんなで名前を決めたんだ。ずっと子サウキーって呼んでいるのはよくないって、ポッケが言ったからね。

だからお友達になる契約をするわけじゃないけど、名前を決めることになりました。

それでミー君って名前に決まったの。名前はミルクが考えたんだ。子サウキーの小さい耳が可愛いから、耳の「み」で、ミー君。ミー君はとっても喜んでいたよ。

それはそうと、僕達はそのままどんどん部屋の中を進んで行きます。

グッシーの結界で問題なくドアまで行くことができました。

でもここで新たな問題が。そう、みんな小さいから、ドアを開けられないんだ。

『おい、クルド。もういい。ここで我らの姿を元に戻せ。これでは外に出られん』

『はい!!』

クルドお兄ちゃんが、リュックの中をゴソゴソ。なかなかゴソゴソ終わりません。そんなに大きなリュックじゃないのに。

『おい、どうした？』

『あ、あれ？』

『早くしろ』

『まっ、待ってください』

『ん？　このままでは危ないな。皆、一度少し下がるぞ』

そうグッシーが言って、僕達はドアから少し離れます。

その後すぐにドアがバタンッ!!　凄い勢いで開いて、ママとベルが中に入ってきました。

「マイケル！　ジョーディ！　あ、あら？　どこかへ避難したのかしら」

ママがキョロキョロ部屋の中を見渡します。

グッシーが大きな声でママ達を呼びました。

『こっちだ!!　下を見ろ!!』

「えっ、何？　……一体どうしたの!?」

ママもベルもとってもビックリして、目がパッチリしてました。

グッシーが簡単に説明しながら、ママ達に僕達を抱くように言います。それとこれからのことを話しました。

その後、僕達はママの手に乗って、ママは優しく僕達のことを手で包んでくれたよ。

『さぁ、これでいい。クルド、はやく我らを元に戻せ』

グッシーが、まだリュックをゴソゴソしているクルドお兄ちゃんに話しかけました。

ピタッて止まるクルドお兄ちゃん。それからグッシーの方を見てきたんだけど、とっても困った顔しているの。

『どうした？　早く元に戻せ』

『あ、あの……、ご、ごめんなさい!!　僕、元に戻す特別なキノコの粉末、持ってくるのを忘れちゃったみたい……』

一瞬みんなの動きが止まったような？　グッシーなんて、お口を大きく開けて、ポカンって顔をしているし。でも、そうなっちゃうよね。

『何をやっているんだ!!』

みんなが少し固まった後、最初に話し始めたのはグッシーでした。

クルドお兄ちゃんがビクッてして縮こまります。

他のキノコの子や小鳥さん達も。ドラックパパ達、ワイルドボアさんも怒りました。なんでそんな大事な物を忘れてきたんだって。

ワイルドボアさんが、リュックから全部出して、よく見てみろって言ったから、一旦僕達は部屋よりもまだ安全な廊下に出ることに。そこでもう一回確認します。

クルドお兄ちゃんが、バササってリュックを開きます。

あのね、リュックって思っていたそれは、大きな葉っぱだったんだ。大きな葉っぱに色々包んであったの。それを上手に包んで、ツルで結んで背負っていたんだ。

中には色々な物が入っていました。小さい木の実とか、お菓子みたいな物、それから瓶に入っている何かの液体。それと木の皮で出来ている小さな小袋がいくつか。

『やっぱりないです……』

クルドお兄ちゃんの言葉を聞いて、グッシーが大きなため息をつきました。

それでまたクルドお兄ちゃんが縮こまっちゃったよ。

どうしよう、これじゃあグッシー達、アンデッドと戦えないよ。

その時、僕達のことを優しく包んでくれていたママが、僕達をグッシーの背中に戻しました。

「グッシー、さっき窓から確認しただけだから、あなたに確認したいのだけれど。あの突然湧《わ》いて出たアンデッドは二匹であっている？」

『ああ、二匹で間違いない。他はどこを探っても確認できなかった』

「そう、なら大丈夫よ。ね、ベル」

「はい、奥様！」

「奥様、あまり……」

ベルは元気な、ダッグは心配そうな声を上げます。

「あら、あの大きさのワイバーンのアンデッドなら、私達でなんとかできるわ。グッシー、あなた達はジョーディの部屋へ行っていて。あそこが今のところ安全そうだから」

もしかしてママとベル、アンデッドを倒しに行くの？　他の人達は？　騎士さんとか冒険者さんとか。もうみんな集まって戦っているとか？　それでママ達が行けばなんとかなるってこと？

僕が一生懸命手を振って、ママにアピールしていたら、ママが僕の方を見てくれました。そしてニコッと笑って、人差し指でそっと、僕の頭を撫でてくれます。

「ジョーディ、ママこれからベルと一緒に、外でわーわーうるさい、あのアンデッドを倒してくるわね。大丈夫、すぐに倒して戻ってくるから」

本当？　その時、またアンデッドの大きな鳴き声がしました。

ママ達はそれを聞いて、廊下を走ってどこかへ行っちゃいました。

話しているうちに、クルドお兄ちゃんは荷物を片付けてます。

片付けたのを確認したグッシーが、少し早歩きで歩き始めました。クルドお兄ちゃん達が遅れないように、確認しながらちゃんと歩いてくれます。

「本当に奥様とベルだけで大丈夫なのでしょうか」

「ダッグ、心配はいりません。なんなら今、私が心配なのは、奥様やベルがやりすぎないかということです。下手をしたら、アンデッドの被害よりも、奥様とベルの攻撃による被害の方が大きい可能性があります」

レスターがダッグに胸を張って答えます。

え？　アンデッドの攻撃よりも、ママ達の攻撃の方が問題？　ママ達がとっても強いのは知っているけど……

そんな話をしているうちに僕の部屋に到着しました。それでまた問題が。そう、ドアを誰が開けるのかっていう問題。さっきはたまたまママがドアを開けてくれたもんね。

グッシーが、僕達を降ろして、代わりにポッケを自分の背中に乗せます。

それでドアノブの所に飛んで行って、ポッケが一生懸命ドアノブを回し始めました。

『か、固い〜』

頑張れポッケ!!　みんなでポッケの応援です。少ししてドアノブが少しずつ動き始めました。と、その時、外から大きな爆発音がしました。ドガアァァァンッ!!　ガシャアァァァンッ!!　それに家がミシミシ、ガタガタ。レスターがママ達が戦い始めた音だろうって呟《つぶや》きます。

すると、今度は小さいガチャンって音がしたよ。

『やった！　開いた!!　ドラックパパ達、ジャンプでグッシーの所まで飛んでグッシーを咥えて、こう、なんとか引っ張ってみて！』

ポッケがドアノブを持って、グッシーをドラックパパが咥えて、ドラックパパをドラッホパパがやっぱり咥えて、ぶら下がって引っ張ります。そのおかげでドアが少しだけ開いたんだ。

少し隙間ができれば後は大丈夫。

ドラッホパパが隙間から中に入って、中からドアをしっかり開けてくれました。

部屋の中に入ったら、みんなで急いでベッドの下に隠れます。

ダッグが光魔法で明るくしてくれて、グッシーがベッドから、僕の毛布を下に落としてくれます。それを床に敷いて、僕達はその上に座りました。うん、モコモコでお尻も痛くないね。

相変わらず外からは大きな音が続いていて、グッシーが外の様子を見に、窓の方に飛んで行ったんだけど、すぐに僕達の所に戻ってきたよ。なんかスンって顔をしてしてました。

「ま〜ま。ちゃの？」

『グッシー、ジョーディは、ママが大丈夫か聞いてるよ？』

ドラックが僕の言葉をグッシーに伝えてくれます。

『あ、ああ。大丈夫だ。あれほど動けるとは思わなかった。いや、あの動きは本当に人間なのか？』

「旦那様や私よりも攻撃力は上ですからね。だから奥様やベルの攻撃による被害が大きいと言ったのです」

少し慌てているようにも見えるグッシーに、レスターが答えます。

「一体、ルリエット様はどれほど強いのか……」

「そもそもの基準がおかしいのか？」

すると、ニッカとダッグの、そんな声が聞こえてきたよ。

ママくらい強くはないけど、強い人達いっぱいいるよね？

アドニスさん達も、サンクスさん達も、使用人さんもメイドさんも、それからお料理作ってくれる人達も、この前大きな魔獣を狩ってきていたし。ほら、少し考えただけで強い人ばっかり。

僕がそんなことを考えている少しの間、大きな音と振動は続きました。

＊＊＊＊＊＊＊

私——ラディスが、父さんと合流して六日。

ビッキーに空から周辺を確認してもらったが、アンデッドの姿は完全に消えていたため、これ以上の追跡は無意味と判断した私達は、一度父さんの屋敷へと戻ってきていた。

「それにしてもじゃ。こうもアンデッドが各地に現れるとは。しかも我々をほとんど無視して、どこかへと向かおうとする。一体何が起こっておるのか。これはあやつに報告せねばなるまい。もう情報が行き、動いておるかもしれんが」

「国王陛下《へいか》ですか？」

「ああ。スーがいればすぐに連絡を取れたのじゃが。はぁ、それにしてもスーが無事でよかったわい。無理をしおって、このごたごたが終わったら、グッシーにお礼をせんとな」

父さんと合流してすぐに、私はスーのことを知らせた。

するとは最初父さんはとても厳しい表情をしていたが、スーの無事を知ると一変、テンションを上げた。

まぁ、とりあえず皆が無事でよかった。

今回は珍しく死人も出ていない。いつもだったら確実に死人が出ていた。それだけでも喜ぶべきだろう。

「さて、手紙を出して返事が来るまで、なるべく情報を集めておかなければ」

「でも父さん、本当に帰っていいのか？」

そう、さっき屋敷に着くなり、父さんは「少し休んだら、すぐにお前の街へと帰れ」と言ってきたのだ。

「当たり前じゃ。お前の所にもアンデッドは出たんじゃ。お前が街に帰り、対策と調査を指示せんでどうする」

分かっている、私には私の護《まも》るべき物があるからな。しかし、父さん達のことが心配なのも確かで、一応聞いてみたのだが……父さんの心は変わらないようだ。ならば、私達は明日の朝早く、街へと出発することにしよう。

父さんとの話を切り上げると、私は街で一番大きなおもちゃ屋へと向かった。マイケルやジョーディ達に、何かお土産《みやげ》をと思ったのだ。

お店に並ぶおもちゃを、端から順に見ていく。マイケルは最近、考えるおもちゃにハマっていたな？　自分でおもちゃを作るし、ジョーディ達に素晴らしいおもちゃを作ってくれた。

……これなんかどうだろうか？　石や木の破片、作り物の葉っぱや、他にも色々入っている、工作セットだ。色を付ける道具に、くっ付けるための木の樹脂《じゅし》から取った、特別な液体が入っている瓶も付いている。よし、マイケルにはこれをお土産にしよう。

次はジョーディだな。ジョーディは相変わらず、なんでも口に入れようとするからな。口に入れても安全な物を選ばなければ。

最近ジョーディが気に入っている物といえば、サウキーのぬいぐるみはいつもの通り、しっかりとカバンに入れて持ち歩いているが。それ以外となると……

そうか！　最近気に入っている物があるじゃないか。ご飯を食べる時まで「にょこにょこ」言っていたからな。これがちょうどいいだろう。

私は棚に置いてあった、キノコのぬいぐるみを手に取った。親子なのか大きいキノコと小さいキノコのセットのぬいぐるみだ。可愛い顔をしている。よし！　これで決まりだな。

その後も皆のお土産をどんどん選んでいき、買い物を終えると、父さんの屋敷に戻り、アドニス達を集め明日からの話をした。

帰ったらすぐにアンデッド達が進もうとした方角について調べることにした。

またいつものように、ジョーディ達がのほほんと生活できるように、皆が何も心配せず生活できるように、この異常事態を早く解決しなければ。

＊＊＊＊＊＊＊

僕達がベッドの下に隠れてから、今までで一番大きな爆発の音と振動がして、それが止まったら、辺りがしんって静まり返りました。

その時レスターが僕達に教えてくれたのは、アンデッドは倒しても、すぐにその死体に近づいちゃダメだってこと。

体の周りに付いている黒いモヤモヤは呪いの力で、アンデッドが死んでも残るんだって。近づいていいのは、その呪いを消す魔法が使える人達だけ。その人達が残っている呪いを消してくれたら、僕達が近づいても大丈夫なんだ。

静かになってちょっとして、勢いよく部屋のドアが開きます。

それからママの僕達を呼ぶ声がしました。

「マイケル、ジョーディ!!」

みんなでゾロゾロ、ベッドの下から出ます。

ママはすぐに気付いてくれて、さっきみたいに、僕達を優しく手で包んで持ち上げてくれました。

そのままリビングルームに移動して、クルドお兄ちゃんにどうやったら戻れるかを聞きます。

『まずはクルド。本当に元に戻す道具は持っていないのだな？　他の者達も？』

グッシーにそう聞かれて、クルドお兄ちゃんは泣きそうな顔をしながら小さく頷きました。

他のキノコの子達も顔を見合わせてから、やっぱり小さく頷きます。

もしかしたら他のキノコの子が持っているかもしれないから、他のキノコの子のリュックも開けてもらったんだけど、やっぱり誰も持っていませんでした。

クルドお兄ちゃんが、ピシッと立った後、思いっきり頭を下げました。それを見て、他のキノコの子達も頭を下げます。

『ごめんなさい!!』

『『『ごめんなさい!!』』』

『で、その元の大きさに戻るために必要なキノコの粉末は、すぐに手に入るのか？　この辺の森にも……そうだな、この家にも、色々な種類のキノコが生えているが』

グッシーがそう聞くと、クルドお兄ちゃんが小さな声で話を始めました。

元に戻るために必要なキノコは、キノコさんの街で、一年に一日にだけ生えてくる、とっても貴重でとっても珍しいキノコでした。

でも量はたくさんあるんだって。一日しか生えないけど、生える量がいっぱいだから、キノコさんの街の、キノコをしまっておく小屋に溜めてあるみたい。そこから少しずつキノコを粉末にして、みんなの家に配っているんだ。

クルドお兄ちゃんは、ペガサスさんの所へ行く前に忘れないようにって、家に置いてあったキノコの粉末を、持って行く荷物と一緒にテーブルの上に並べました。それでしっかりしまったはずだったんだけど……

『ごめんなさい……』

クルドお兄ちゃんはもう一度頭を下げます。

『……もういい。お前だって、別にわざと忘れたわけではないだろう』

『ヒック、グス』

クルドお兄ちゃん、泣いちゃいました。

ママがクルドお兄ちゃんの頭をそっと撫でます。

「泣かなくていいのよ。あなたはジョーディ達を、逃げやすいようにしたのだから。ありがとう」

そうだよね、クルドお兄ちゃん、僕達のことを考えてくれてありがとう。

『はい……、ヒック』

クルドお兄ちゃんが泣き止むまで、僕達はちょっとだけ待ちます。

少しして泣き止んだクルドお兄ちゃん。グッシーが話を始めました。

『仕方ない。こうなったら我がお前の街に行こう。そしてあちらの様子を確認してから、元に戻るためのキノコの粉末を持って帰ってくる』

『それがいいだろう』

グッシーの話を聞いて、ドラッホパパが頷きました。

『どちらにしろ、我は一度クルド達の森へ行こうと思っていた。今回のアンデッドの異変、そしてクルド達の住んでいる森の異変。もしかしたら何か繋がりがあるかもしれんからな』

「グッシー、どういうことなの？」

ママがグッシーに尋ねます。

最初グッシーは、じぃじの街の方の森のアンデッドと、パパ達がお手伝いに行った街のアンデッドが同じ時期に出るなんて珍しいって思っていました。

僕達の街に出たアンデッドの変な行動を見て、さらに疑問に感じたみたいです。

「それは私達だってそうよ」

『お前達が思っているよりも、事態は深刻かもしれん。昔、我が森で暮らしていた頃、アンデッドに関して変な出来事があった』

人が絶対に行けないような、とっても危険な森に住んでいたグッシー。

そこでは、アンデッドが出るのは珍しいことじゃありませんでした。そして森には強い魔獣さん達が多かったから、その魔獣さんがアンデッドになると、倒すのがとっても大変だったんだって。

その中でも一番倒すのが大変だったのは、ドラゴンのアンデッドでした。

グッシーや力に自信のある魔獣さん達、森に住んでいるほぼ全員が、そのドラゴンさんを倒すのに集まったけど、それでもなかなか倒せなかったったって。

そしてその時、森にある異変が起きていました。ドラゴンアンデッドがいる場所から周りに向かって土が腐り始めて、土が腐った所に生えている木や花がどんどん腐っていったそうです。アンデッドに攻撃された物が腐ることはよくあるけど、そんなことはグッシーも見たことがなかったんだって。

腐った土にも触ったらまずいと思ったグッシー達は、なかなかドラゴンさんに近づけなくて、攻撃できずにモヤモヤしてたみたい。

戦い始めて二日、やっと聖魔法が使える別のドラゴンさんが、グッシー達の所に到着しました。昔森に住んでいたお爺さんのドラゴンで、ゆっくり過ごしたいって別の森にお引越ししていたんだけど、アンデッドのことを聞いて戻ってきてくれたの。

お爺さんドラゴンは、すぐに聖魔法で呪いを消し始めました。

そのとたん、呪いで腐っていた土が、グッシー達が攻撃できる範囲まで綺麗に消えて、それと同時にドラゴンアンデッドが苦しみ始めて、力も弱くなったんだ。

こうしてなんとか、グッシー達はドラゴンアンデッドを倒すことができました。

『クルド達の住んでいる森にも、ドラゴアンデッドのような強力なアンデッドがいて、土地が呪いを受けたのかもしれん』

「確かに状況が似ているわね。でも、それ以外のこと、つまり、アンデッド達がどこかへ向かっていること、これについては？　それに、アンデッドの数が多いことについては？」

『それらについてはまだ分からん。だが、問題は一つずつ片付けていかなければ』

だから、一度森を見ておきたいってグッシーは言いました。

森までは移動キノコで、ほとんど一瞬で移動できるからね。戻る時もささっと帰ってこられます。

ワイルドボアさんはグッシーと一緒にキノコの街に行きます。それでグッシーのお手伝いしてもらうの。

これからのことが決まって、クルドお兄ちゃん達は僕のお家に忘れ物しないように、みんなで確認しながら荷物をまとめました。それからみんなで移動キノコの所へ向かいます。

移動キノコの所に行くまで、僕はグッシーの背中に乗ったままでした。

僕はグッシーの首の所を撫でます。僕、とっても心配だよ。グッシー、すぐに帰ってくるよね？


玄関の移動キノコの所に到着して、クルドお兄ちゃんが準備をしている間、ママがそういえばって、グッシーに質問しました。

「あなた、昔キノコの街へ行ったのよね。その時は小さくなって行ったのではないの？　あなたみたいに大きな者が行ったら、街が壊れちゃうでしょう？」

『キノコの住人は小さいからな、そう思うかもしれないが、実際はかなり大きな街だ。我が小さくならずとも、余裕で歩けるほどのな。我も最初見た時は驚いた。この屋敷よりも大きいぞ』

そんなに大きいの？　クルドお兄ちゃん達小さいのに、街の中歩くの大変じゃない？　と思っていたら、みんなもそう思ったみたいで、同じことを聞いてました。

そしたら、街にはたくさんの小さな魔獣さん達が遊びに来ていて、その魔獣さん達が、キノコさん達を運んでくれているんだ、ってクルドお兄ちゃんが教えてくれました。

そんな話をしているうちに、クルドお兄ちゃんの準備が終わったみたいです。

移動キノコが、とても強く光り輝いていました。光の大きさは、小さくなる前のグッシーぐらいあります。

クルドお兄ちゃんに下がって、って言われて、僕はグッシーから降ります。その後、グッシーの足にしがみ付いて行ってらっしゃいをしました。

まずはキノコの子達と、小鳥さん達、ワイルドボアさんが、光の中に入って行ったよ。

最後にグッシーとクルドお兄ちゃんが入ります。

『では、なるべくすぐに戻る。アンデッドに気を付けろよ』

「ええ、任せて」

『あ、あの、色々終わったらまた来てもいいですか？』

「ええ、いつでもいらっしゃい。他の子も一緒に。待っているわ」

ママにそう言われて、クルドお兄ちゃんが笑いながらグッシーの背中に乗って、光に入ります。

グッシーが光に触れたその時、光から粒みたいな物が少しだけ飛んで、その粒の一つが、僕の方にふよふよ飛んできました。

僕はその光の粒を、なんとなくそっと触ってみます。

でも触った瞬間、いきなりクルドお兄ちゃんが僕の方を見て叫んだんだ。

『それ、触っちゃダメです!!』

僕はクルドお兄ちゃんの声にビックリして手を閉じちゃいました。

ママが僕に何を握《にぎ》っているのって、慌てて聞いてきました。僕は自分の手を見ます。

あの光の粒、触ったと思っていたらいつの間にか握っていたみたい。

僕がそっと手を開くと、光の粒は消えないで僕の手の中で光っていました。

『それです!!』

クルドお兄ちゃんの声に、ニッカが僕の手から光の粒を軽くはたき落とすと、地面を転がって、僕とニッカの真ん中で止まりました。

次の瞬間、光の粒が移動キノコみたいに光り始めて、僕とニッカのことを包んできたんだ。

慌ててニッカが僕のことを抱っこして、光から抜けようとします。でも光はどこまでも僕達を包んできて……

『動かないで！　光に触れたら一度移動するしかありません！　移動する人に触れている人も巻き込まれます！　だから行かない人達は光に触らないように下がってもらったんです』

「じゃあジョーディは……!?」

ママがお兄ちゃんを手で包みながら、とっても心配そうに僕を見てきました。

グッシーが僕達の方に歩いてきます。

『仕方ない。ルリエット、ジョーディのことは任せろ。なるべく早くこちらへ帰す』

「お願いよ。いつ戻ってきてもいいように、必ずここに誰かいるようにするから」

『任せろ！』

「ま〜ま!!　にちゃ!!」

僕はママとお兄ちゃんに手を振ります。すぐに帰ってくるよ！　大丈夫！

するとひかりが強くなって、ママ達の姿が見えなくなりました。

僕は光が眩《まぶ》しかったから少しの間目を瞑《つむ》りました。

しばらくすると、ワイルドボアの驚いた声が聞こえてきます。

『ん？　は？　なんでその子供達がいるんだ!?　それに土人形達まで……』

なになに、どうしたの？　僕はそっと目を開けます。

僕達の前には先に移動したみんながいたんだけど、みんなじっと固まったまま、ぜんぜん動いていません。

しかも僕の洋服の裾にはホミュちゃんとポッケ、スーが掴まっていました。みんな、なんでいるの？

グッシーが僕の後ろを嫌そうに見ていたので、僕も後ろを見たら、ビックリしちゃいました。

周りの木はほとんどが枯れていて、花も草も生えていませんでした。

それに、僕達が立っている所ほとんどが真っ黒な土で、普通の土はちょっとしかありません。

空はとっても曇《くも》っていて、それから黒い霧みたいなのが、周りを漂《ただよ》っている感じです。

そしてグッシーがみんなに、黒い土の部分は歩くなって言ったよ。

だから僕達はなるべく離れないで、綺麗な土が多い方に集まりました。

それからグッシーが、黒い霧がここまであると空を飛ぶことは難しいな、って呟いて、クルドお兄ちゃんの方を向きます。

『ここにお前達のキノコの街があるのか？』

『い、いいえ。僕の家の隣に移動キノコがあって、そこへ出たつもりだったんですけど……』

グッシーの質問に、クルドお兄ちゃんがおずおずと答えます。

その時でした。僕達の後ろの方から、クルドお兄ちゃんを呼ぶ声が聞こえました。

振り返ったら、クルドお兄ちゃん達よりもちょっと大きいキノコさんが二人走ってきたんだ。

『クルド!!　みんなも！　よく無事に帰ってきたな!!』

『なかなか帰ってこないから心配してたんだぞ』

二人のキノコさんを見たクルドお兄ちゃんが、目を輝かせて返事をします。

『シュートお兄ちゃん！　ライトお兄ちゃん!!』

シュートお兄ちゃんと呼ばれた方が、僕達の方を見ながら言います。

『クルド、それでペガサス様はどこに？』

『ライトお兄ちゃん、ペガサス様は大切なご用事があって、来ることができなかったの。でもね……』

『なんだって!?　ペガサス様は来てくださらなかったのか!?』

『大変だ。まさかそんな……』

『おい、お前達、最後まで話を聞かないか』

慌て出した二人をグッシーが止めます。すると、今度はライトお兄ちゃんの方が質問してきたよ。

『あ、あの、あなた様は？』

『お兄ちゃん、詳しくお話しするから、まず街に戻ろうよ。僕、自分の家の隣の移動キノコに移動しようとしたのに、ここに出ちゃったんだ』

『ああ、それなら……』

クルドお兄ちゃんは間違っていませんでした。ライトお兄ちゃんによると、出口側の移動キノコが移動していたってことみたいです。

そのお話もしながら歩こうって言って、シュートお兄ちゃん達が先頭で歩き始めます。

シュートお兄ちゃんによると、クルドお兄ちゃん達がペガサスさんのいる森に出発してからすぐ、キノコの街の土はほとんど真っ黒になって、避難させていたキノコもどんどん腐っちゃったんだって。

その最中、森の奥から逃げてきた魔獣さんが、もっと遠くまで逃げないとみんなやられるぞって、知らせに来てくれました。

その魔獣さん達は森の深くに住んでいて、気を付けてはいたんだけど、それでも気付いた時には、今のここよりももっと土が変化しちゃっていたんだ。

魔獣さん達は、森の最奥で何が起きているか調べるのを中断して、とりあえず逃げ始めました。

黒い土に触っちゃった魔獣さんがまったく動けなくなっちゃったみたいで、森の最奥に行くのはダメって判断して逃げたの。それで避難している時に、キノコさん達にも伝えてくれました。

それを聞いたキノコさん達は、自分達も避難することに。その時、クルドお兄ちゃんの家の隣の移動キノコも土が綺麗な場所に移動させたんだ。

でもここももう危ないからって、今シュートお兄ちゃんとライトお兄ちゃんが、さっきの移動キノコを運んで持ってきています。別の場所に植えるんだって。

『俺達だけじゃない。他の魔獣達も一緒に避難してるんだ』

シュートお兄ちゃん達の話が終わると、今度はクルドお兄ちゃんの番です。ペガサスさんとグッシーの話をしました。

でもさっきから、最後まで話を聞かないシュートお兄ちゃん達は、グッシーがなんとかしてくれるって思ったみたいで、喜び始めちゃったんだ。まだこれからどうするか、グッシーは決めていないのにね。

それでそのことを、グッシーが説明しようとしたら、ちょうど避難場所に到着しました。さっきとは違って、黒い土は所々にあるだけで、ほとんどが綺麗な土ばっかりの場所でした。

弱い魔獣さん達を囲むように、強い魔獣さん達が守ってくれているってグッシーが言いました。確かにとっても強そうな魔獣さん達がいっぱいいます。でも、とってもまったりしたお顔の魔獣さんもいるなぁ。

『魔獣いっぱいいるなぁ。グッシーが強いって言うんだから強いんだよね？

『魔獣いっぱいいなの。ホミュちゃんこんなにいっぱい、初めてなの』

『僕もだよ』

『スーは知ってる魔獣、けっこういるよ』

ホミュちゃんとポッケとスーが話しています。

光の粒に触ったのは僕とニッカだけだったんだけど……ホミュちゃんは僕の洋服をくちばしで掴んでいたんだ。スーはそんなホミュちゃんのしっぽを咥えていたんです。そして、ポッケはスーのしっぽを掴んでいました。だから、そのままぞろぞろ一緒に来ちゃったんだ。

今頃ママ達、ポッケ達がいないって分かって慌ててないかな？　って僕が言ったら、ドラック達に行ってきますしたから大丈夫だってスーが言ってました。

僕達が魔獣さん達の所に着くと、ドシンドシンって誰かが近づいてくる音がしました。

僕達の前に、大きなサイみたいな魔獣さんが歩いてきたんだ。

『お前達は誰だ？　どうしてここへ来た』

その魔獣さんが声をかけてきて、グッシーが答えます。

『我はクルドに連れられて来たのだ。ここの状況は軽くだが話を聞いている。それからお前達が待っていたペガサスだが、どうもここへは来られない大切な用があるようだ』

すると、また違う声がしました。

『クルド!!』

『お父さん！　お母さん!!』

『あっ！　僕達のお父さんとお母さん達も！　みんな行こう!!』

クルドお兄ちゃんとキノコの子達が走り始めました。

声がした方を見たらシュートお兄ちゃん達よりも、まだまだ少し大きいキノコさん達がいたよ。

みんなのお父さんとお母さんみたい。みんなとってもニコニコ。駆け寄ったクルドお兄ちゃん達のことを、お父さんとお母さん達は小さい手で抱きしめました。

そんなキノコさん達の横から、お顔がしわしわのキノコさんが、杖《つえ》を突いてゆっくり歩いてきました。そして大きなサイの魔獣さんに話しかけます。

『ジル。こちらは、ワシがペガサス様を呼んだ代わりに来てくださったお方のようじゃ。代表を集め、あそこで話をしよう』

『そうだな。お前達、オレについてこい』

クルドお兄ちゃんは急いで僕達の所に戻ってきて、ワイルドボアさんに乗っかります。

クルドお兄ちゃんのお父さんとお母さんも一緒だよ。他のキノコの子達は来ないみたい。

それから小鳥さん達も、集まっている魔獣さん達の中に入っていっちゃいました。

先にワイルドボアさんが歩き始めて、次に僕達がついて行きます。しわしわキノコさんは小さなリスさんみたいな魔獣さんに乗って移動します。

魔獣達の集まっている中心に近づくと、小さな魔獣や、群れで固まっている魔獣、それから小さな子魔獣達が集まっていました。この辺はみんな守られている魔獣だって。

『これだけ魔獣が集まってるなんて。ここ、どこの森かな？　かなり大きな森だね』

ポッケがグッシーに聞きます。

『我が昔住んでいた森も、こんな感じだったな。これに匹敵《ひってき》する森と言えば、ボルフィスという街の向こうにある。だが、我が知らないだけで、大きな森など各地に存在しているだろう』

僕達はそれからも歩いて少しして、やっとお話し合いをする場所に着きました。

『ここじゃ。皆、好きな場所に座っておくれ』

そこは広場のような所でした。

辺りには木の実の山や葉っぱや草や花、魔獣さんが転がっていました。

『あそこに転がってる魔獣達は、戦うことが好きな魔獣でな。避難している魔獣達を襲おうとしたからオレ達が倒した。オレ達の食料だ。だが皆は殺していないぞ。奴らは奴らで、森には必要な存在だからな。それとそういう奴らは、他の場所にそれぞれ避難している』

サイの魔獣さんがそう言うと、グッシーが頷きました。

『そうだろう。森に草食魔獣ばかりが溢れては、森のバランスが崩れるからな』

僕はグッシーから降りて、ニッカに抱っこしてもらいます。あ、そういえば……

「にっ」

「なんだ？」

「こっ！」

「トイレか⁉」

『あ〜、すまんがほんの少し待ってくれ。ジョーディがおしっこだ』

『ではそっちに。それからこの者を連れていくんじゃ。終わった後、浄化《じょうか》してくれる』

お爺さんキノコさんが、ドラックパパみたいな魔獣さんを呼んで、その魔獣さんと一緒に、僕達はちょっと離れた草むらへ向かいます。

ふう、漏《も》らすところだった。僕がニッカに洋服を着せてもらっている間に、魔獣さんがささっと綺麗にしてくれました。

お待たせ!! 戻ったら僕はグッシーの隣でニッカの膝の上に座って、その隣にポッケ達が座りました。大きな魔獣さんやお爺さんキノコさん、クルドお兄ちゃん達は僕達の前に座ったよ。

まずは自己紹介から。お爺さんキノコさんは、キノコの街の長老キノコさんで、名前はドモン。この森に住んでいる生き物の中で、一番歳を取っているお爺さんキノコさんでした。

次は大きなサイさんみたいな、大きな魔獣さん。名前はジルで、この森の中で一番強い魔獣さんです。ラインナーっていう種類の魔獣だって。

それから他にも何匹か、色々な魔獣さんが自己紹介してくれました。みんなこの森でトップクラスの強い魔獣さん達です。

もちろん僕達も自己紹介します。みんな、僕がグッシー達と契約しているって聞いて、とっても驚いていました。

自己紹介が終わったら、いよいよお話し合いです。ドモンさんが口を開きました。

『さて、この森に異変が起きた時のことから話すかの』

『その前にお前達。森の最深部、これの原因と思われる場所に何がいるか、気付いているのではないか?』

グッシーがそう問いかけると、ドモンさんが難しい顔をしました。

『そうなんじゃがなぁ。これについてもなんとものう』

『なんだ？』

グッシーが首をひねっていると、ジルが答えます。

『本来なら、この森にはいないはずなのだ。俺は最深部で暮らしているが、今まで一度も見たことがなくてな』

『それに、初めのうちは、こんな感じではなかったのじゃ。ここまではっきりとした気配ではなくてのう。皆が避難して少ししてから、はっきりとした存在になった』

『なるほど。奴は気配を消すことができたとしても、その存在自体はそう隠すことはできないだろう。どこからか飛んできたのではないのか？』

グッシーが頷きながらそう答えました。

「すまない、グッシー。この森に何がいるんだ？」

ニッカがグッシーに聞きます。

『この森の最深部にいるのはドラゴンだろう。しかもかなりのレベルのな』

「ドラゴン!?」

グッシーの答えを聞いて、ニッカが驚きます。

なになに？　今、ドラゴンって言った？　この森の奥にドラゴンさんがいるの？

僕はドラゴンって聞いて、嬉しくて動きそうになったのを我慢《がまん》して、そのまま静かにグッシー達の話の続きを聞きます。

『しかもこのドラゴン。まさかとは思ったが、ドラゴンアンデッドだな』

『ああ』

残念。せっかくドラゴンさんに会えるかもって思ったけど、それどころじゃないや。

確かドラゴンアンデッドって、とっても強いんじゃ？　ここでお話ししていていいの？

僕が聞く前に、ニッカがそれをジルに聞きます。

ジルによると、アンデッドドラゴンさん、今は静かにしていて、同じ場所から動いてないみたい。

最初は、森の最深部からはただ変な嫌な感じがしただけだったんだって。

でもみんなが避難してすぐ、いつの間にか最深部にはドラゴンさんらしき気配がしてきたと言います。そしてその気配はだんだんと強くなっていきました。

みんな、この森にいるはずのないドラゴンさんにかなり戸惑いました。普通これだけの力を持っているドラゴンさんが森に来れば、すぐに気付くはずなのに。まったくそんなことはなかったんです。どこからか飛んできた気配もしなかったって。

そして、みんなで話し合っているうちにまた変化が起きました。

ドラゴンさんがいる場所から、今度はアンデッドの気配もしてきたの。

アンデッドの気配がしてからは、どんどんその気配が強くなっていって、そして今ではその気配は、みんなが感じたことがないほどに強くなっているみたいです。

『湧いて出た、そんな感じだったんだ』

ジルはそう呟くように言います。

『そういえば、ここへ来る前に屋敷に出たワイバーンのアンデッドも湧いて出た感じがしたな？

まぁ、あちらは空から突然降り立っただけかもしれんが』

『なんだ、そっちでもアンデッドが出たのか？』

『ああ。と、その前に、ここはどの辺の森だ？　基準になる物があればいいのだが。近くに人間が住む街があって、その街の名前が分かるとか、目印になるような何かがあるとか』

『そういうことなら、オレは時々ちょっと先の街に行くんだが。確かその街の名前がボルフィスだったぞ。やたらでかい建物があったな』

『やはりあの森か』

さっきグッシーが言っていたけど、やっぱりここはボルフィスの近くの森だったみたい。

近いって言っても、グッシー達みたいな魔獣が移動すれば近いけど、人間にはとっては遠い森だって。

あれ？　でも。今時々行くってジル言っていた？　ジル、こんなに大きな魔獣なのに。街に行ったら騎士さん達に攻撃されない？

僕がそう思っていたら、グッシーも同じだったみたいで、ジルに聞きます。

『で、なんでお前が街へ行けるんだ？』

『オレは変身が得意なんだ』

そう言うと、ジルの体を光が包みます。

光が消えるとそこにジルはいなくて、おじさんが立っていました。ちゃんと洋服を着ていたよ。

僕もポッケ達も思わず拍手しました。だって変身だよ。しかも完全に人の姿。これなら街に行っても、誰もジルが魔獣だって気付かないよ。

『そうか、お前は変身できるのだな』

『街の酒は美味くてな』

その後もジルとグッシーの話は続いて、その話が一段落すると、グッシーはクルドお兄ちゃんに話を振ります。

『と、こんな感じか、さぁ、次はクルドの方だ。どうしてペガサスがここへ来られないのか聞かせてくれ』

クルドお兄ちゃんがみんなの真ん中に出てきて話し始めます。

『ペガサス様は今、ご家族と一緒にいます』

家族？　ペガサスさん、家族がいたんだね。この前はバタバタしていて、ペガサスさんのこと、あんまり聞けなかったからね。

『家族か。そうか。もうそんな時期か』

『おい、詳しくは俺が話そう』

今度はワイルドボアさんが話をします。

『奴は新しい家族と一緒だ』

すると今までザワザワしていたのに、しんっと静かになりました。

何？　みんなどうしたの？　そんなにビックリした顔して。口を大きく開けてポカンって顔をしていたり、目を大きく見開いていたりしています。

僕やポッケ達が不思議がっていると、最初に大きな声を出したのは、ドモン長老でした。今までプルプル杖を持っていたのに、杖をブンブン振り回して、それからジャンプもして。

『宴《うたげ》じゃ!!』

ジルが顔でドモン長老をちょっと押して、ドモン長老を止めます。前に押されたドモン長老は、大きくジャンプしてピタッ！　と止まりました。ドモン長老、そんなに動けたんだね。杖いらないんじゃ？

『おい、こんな時だ。宴などできるか！　おい、確認だがそれは子供ってことだよな』

ジルがそう聞くと、ワイルドボアさんが頷きます。

なるほど、ペガサスさんに子供が生まれたのか、そっか、それならみんな嬉しいよね!!　でもみんなどうして驚いた顔していたんだろう。

それもグッシーに聞いたら、ペガサスさんに子供が生まれることはとっても珍しいことなんだって。僕達が話していると、ワイルドボアさんも話に入ってきます。

ペガサスさんに子供が生まれたのは、何十年ぶりだったみたい。他のペガサスさんは、何年かに一度赤ちゃんが生まれるんだけど、僕達が会ったペガサスさんはなかなか生まれなかったんだって。

『だから奴はここへ来ることができなかった。生まれた子供の側を離れられなかったんだ』

それじゃあ来られないよ。生まれたばかりの赤ちゃんを放って、こんなに遠くまでなんて。大切な新しい家族をしっかり守ってあげなくちゃ。

その後みんなとっても喜んで、静かになるまでちょっと時間がかかったけど、なんとかみんなが静かになったから、やっとお話し合いの続きです。

みんな、ペガサスさんが来られないことは納得して、今度はグッシーのお話になりました。

でもお話ししようとしたら、グッシーは何も言ってないのに、またシュートお兄ちゃん達がさっきの勘違いしたままのことをみんなに話しちゃったんだ。

ジルもドモン長老も他の魔獣さんも、みんながグッシーを見ます。グッシーはため息をつきながらお話を始めました。

グッシーは、まだ手伝うとは言っていないこと、それはシュートお兄ちゃん達の早とちりだってこと、森の様子を見てから決めようとしていたことを話しました。

それを聞いて、みんな今度はシュートお兄ちゃん達を見ます。

シュートお兄ちゃん達は謝った後、大きな魔獣さんの後ろに隠れたよ。

『ペガサスのように、我にも守るべき者達がいる。我はジョーディと契約をしているからな。ジョーディが我のすべてなのだ』

『だろうな。お前が契約するほどだからな』

ジルが頷きながらそう言います。

『だから我はまず、ここの様子を見ると言ったのだ。しかしそこのキノコ達がな』

『はぁ、まったくお前達は。いつも最後まで話を聞けと言っておるじゃろう』

ドモンさんがそう言ってため息をついたら、『ごめんなさい』って声だけが聞こえました。

4章　いいこと、悪いことがいっぱい

キノコ達の話が一段落すると、我――グッシーは、我らの方の話をした。

色々話したいことはあったが、まずは伝えなければいけないことだけを伝えた。

街に出たアンデッドのことや、どうして我々が小さくなってここへ来たのかなどだ。

そして話を聞き、顔色が悪くなったのはクルドの両親だ。

『やはり忘れて行ったんだな』

『あなたが出かけてから、机の上に粉が入っている袋が置いてあるのに気が付いたのよ。わざわざ置いていくなんて思わなくて。もう、この子ったら』

『それでだが、すぐに元に戻してもらいたいのだが』

我がそう言うと、両親は黙り、ドモン長老も険しい顔になった。なんだ？

『グッシー様、申し訳ないのじゃが……』

ドモン長老が、申し訳なさそうに話を始めた。

それは我らにとって、最悪なものだった。元に戻る粉が、二匹分しかないというのだ。

ここへ避難してくる最中、一気に魔獣達が逃げられるように、魔獣達に小さくなる粉を使い、大きな魔獣に乗ったのだという。そしてここへたどり着き、元に戻すために使ってしまったというのだ。

それで粉がなくなったのか？　と聞けば、それは違うという。

まだキノコの街には粉が残っているらしい。だが、街の周りは黒い土だらけで近づけないようだ。

なんてことだ。まさか元に戻る粉が二匹分しかないとは。

誰を戻すのか考えれば、ジョーディを守るためにも、我は元の大きさに戻っておきたい。

我が悩んでいると、ドモン長老が心配はないと言ってきた。どういうことだ？

『元に戻るキノコの粉に必要なキノコの胞子《ほうし》を、避難している時に運び出しております。なので、この胞子を使ってキノコを育てれば、またキノコの粉を作ることができます。じゃが……』

ドモン長老が続ける。

キノコが育つまで、かなりの時間がかかるというのだ。

そういえばクルドは、一年に一回だけ生えると言っていたな。しかも新しい土地でキノコを育てるとなると、育つまでにどれだけの時間がかかるのか、見通しがつかないという。

さて、どうする。キノコは手に入るらしいが、それがいつになるかは分からない。しかし今の段階では元に戻れるのは二人のみ。

やはりここは、我とワイルドボアが元に戻るべきか。

ジョーディ達にはこのまま家に帰ってもらい、我は森を元に戻すために力を貸す。

もし危ないと感じた場合は、ここの魔獣達には悪いが、我はジョーディのために戻る。

その時にキノコ達を別の森へ避難させ、そこでキノコを育てさせれば……よし、この計画だ。

考えがまとまり、その話をキノコ達、そしてジル達に話す。

『オレはそれでもいい。本来お前はここの森の住人ではない。それにお前には守るべき者がいるからな。契約した魔獣にとって、何が優先されるかはよく分かっている』

『家に帰る時は、うちの若い者を連れて行くといいですじゃ。こうなってしまったのは我らの責任。必ず元に戻すキノコを育てさせましょう』

皆が納得してくれてよかった。

さぁ、決まったのなら、ジョーディ達を街へ送ってもらわなければ。我は振り向き、ジョーディの顔を見た。ジョーディはニッコリと、いつものように可愛く笑った。

＊＊＊＊＊＊＊

粉が二人分しかないって言われて、結局グッシーとワイルドボアさんを、元の姿に戻してもらうことになりました。

もちろんそうだよね。グッシーの説明に、ニッカもちゃんと納得していたよ。

『ではグッシー様、ワイルドボア様、こちらに』

みんなから少し離れた所に、グッシー達が立ちます。元に戻すのは、クルドお兄ちゃんのお父さんがやってくれるよ。

クルドお兄ちゃんのお父さんが別のキノコさんに袋を持ってきてもらって、その袋に手を入れてごそごそ。袋から手を出したら、ちょっと水色のキラキラした物が手に付いています。これが元に戻るキノコさんの粉だって。

クルドお兄ちゃんのお父さんがよく分からない言葉を囁《ささや》くと、手からキラキラが舞い上がってグッシーの体を包みます。粉は少しだったはずなのに、包んだキラキラは凄い量になって、グッシーが完全に見えなくなっちゃいました。

それから小さかったグッシーを包んだキラキラの塊が、だんだんと大きくなって、大きくなるのが止まると、今度はキラキラが消え始めます。

キラキラが消えるとそこには、元通りのグッシーの姿がありました。

グッシーは羽をバタバタしたり、足を動かして蹴る真似してみたりしてます。それから一度空を飛んですぐに下に降りてきました。

『どうでしょうか？』

クルドお兄ちゃんのお父さんが尋ねると、グッシーは力強く頷きました。

『問題はないようだ』

次はワイルドボアさんの番です。すると、同じように元に戻ったワイルドボアさん。体を動かして、問題がないか確認。うん、こっちも大丈夫みたい。

『さて、これからはジョーディ達を帰してもらうが、どの移動キノコで帰るんだ？』

『これからご案内しますので』

『そうか。よし、ジョーディ行くぞ』

僕達はグッシーの側に歩いて行きます。でもどうしよう。僕達はグッシーの爪ぐらい小さいのに、これじゃ絶対に乗れないよ。グッシーも僕達を見て、しまったって顔をしました。

そしたらジルが誰かを呼びました。すると集まっている魔獣さん達の中から、ドラッホみたいなネコさん魔獣が出てきました。ドラッホよりもちょっと大きいネコさんです。

『こいつの名前はミンク。こいつなら乗れるんじゃないか？』

僕達はミンクお兄ちゃんにご挨拶します。レイクキャットっていう魔獣さんで、十歳のお兄さんです。

『よし！　オレがしっかり連れてってやる』

ミンクお兄ちゃんがそう言うと、サルさんに似ている別の魔獣さんが、僕達をそっとミンクお兄ちゃんの背中に乗せてくれます。全員が乗ったらグッシーが結界を張ってくれました。これで準備はバッチリです。

『よし、それじゃあ安全な移動キノコがある場所に案内を……』

グッシーがそう言いかけた時、誰かの叫び声が聞こえてきました。その叫び声はどんどんこっちに近づいてきます。

『大変だ！　また呪いの範囲が広がった！　こちらに近づいてきている！』

僕達の所に走ってきてそう言ったのは、トラさんみたいな魔獣さんでした。

『このままでは、夜にはここも呑み込まれる。今のうちにもう一つの避難場所に移動した方がいい』

トラさん魔獣の言葉に、集まっていた魔獣さん達がみんな立ち上がりました。

でもそこに、今度はドモン長老を呼ぶ声がします。

『ドモン長老！　大変です‼』

空から小鳥さんに乗って、見たことのないキノコさんが降りてきました。

『移し替えていた移動キノコや、植え替えてあった作物が腐り始めました！』

『なんじゃと‼』

『ドモン、これは……』

グッシーはドモン長老とお話を始めます。

移動キノコが腐り始めているらしいけど、キノコがなくなったら僕達が帰れなくなるからね。この後どうするかの話し合いです。

そして話し合いの結果、僕達は、まずはみんなと一緒に避難することに。これから行く避難場所にも移動キノコがあるから、安全な場所に逃げた方がいいって。

ジルが指示すると、まずは弱い魔獣さん達、子供魔獣さん達や、戦いが苦手な魔獣さん達が避難を始めました。それぞれ手分けして、強い魔獣さん達が付いてくれるから大丈夫です。

それから集めてあった食料や大事な物は、特別な魔法が使える魔獣さん達がまとめて運んでくれます。空間の中に物をしまうことができるらしくて、いっぱいあった荷物はあっという間に綺麗に片付けられました。

僕達の番になって、ミンクお兄ちゃんが静かに走り始めます。慌てず急がず、前の魔獣さん達にぶつからないように。ミンクお兄ちゃんの背中の上は、ほとんど揺れなかったよ。

僕は移動しながら周りを見ます。一本の木がグラグラしたと思ったら、次の瞬間には大きな音を立てて倒れて、シュウゥッてドロドロに溶けちゃったの。それからは、色々な所で木や草が腐り始めました。

そんな避難の途中、止まって泣いているフェレットみたいな子魔獣を発見。家族とはぐれちゃったみたいです。急いでその子魔獣を助けてあげました。フェニーっていう種類の魔獣さんだって。

子フェニーはすんすん泣きながら僕の前に座ります。僕は子フェニーの頭を撫でました。

「ちょよ。ちー、ちょよ！」

『キキ……？』

僕の言葉に反応して、子フェニーは不安そうに首をかしげます。

すると、スーとホミュちゃんとポッケが、すぐに口を開きました。

『グッシーがいるから大丈夫、って言ったんだよ』

『グッシー、とっても強いなの！』

『それに、避難する場所はみんな一緒だから、避難したらすぐ家族に会えるよ』

『キキィ!!』

まだ小さい子魔獣のフェニー。小さすぎて、ドラック達の言葉が分かる魔法を使っていても、僕にはなんて言っているか分かりません。ホミュちゃん達は魔獣だからかな。なんとなく分かるみたい。さっきのは『うん!!』って言ったんじゃないかって、教えてくれました。

ミンクお兄ちゃんはそのまま走り続けて、どのくらい走ったのか、最初に避難していたのと同じような場所に着きました。

先に避難していた魔獣達が、広場の中心に集まっています。

グッシーが子フェニーに、落ち着くまでは家族を探さずに、僕達と一緒にいろって言ってました。今はみんながバタバタしているからね。

続々と魔獣さん達が広場に集まります。それから食料や、大事な荷物を運んでくれた魔獣さん達も到着しました。

空間から出して、荷物をまとめて置いていきます。

みんながバタバタしている間、僕達は子フェニーと一緒に遊んで、気を紛《まぎ》らわせながら、みんなが落ち着くのを待っていました。

子フェニーはジャンプが得意でした。クルンクルンって、ジャンプしながらバク宙みたいに回れるんだ。

グッシーの背中からワイルドボアさんの背中に、ジャンプしながら空中でクルクルでんぐり返しで移動します。そこからミンクお兄ちゃんの背中にまたクルクルジャンプ。いつもこうやって移動するんだって。

『キキ、キッキキー、キキキキキ』

『今度遠くから飛んでくるのを見せてくれると言っているぞ。ただ、ジョーディは帰るからな。この騒動が収まったら、またここへ遊びに来る。その時に見せてくれないか？』

『キキィ!!』

グッシーが聞いたら、子フェニーがいいよって言ってくれました。子フェニーが僕の前に来て、しっぽを出してきます。

フェニーは約束する時、しっぽとしっぽを絡ませるんだって。

でも、僕にはしっぽはありません。だからそっとしっぽを握れって、グッシーが言ってきました。

僕は子フェニーのしっぽを握ります。その後、子フェニーは嬉しそうに、クルクル何回もジャンプしました。これで約束は完璧《かんぺき》だね!!

そんなことをしているうちに、やっと周りのザワザワが収まってきました。

そうしたら真ん中の方からフェニーの群れが、周りをキョロキョロしながらだんだんとこっちに近づいてきたよ。それを見た子フェニーが大きな声で鳴きました。

『キキキィッ!!』

『キキ？　キキィ!!』

群れが走り寄ってきて、その群れの中から二匹のフェニーが子フェニーの所に駆け寄ります。

グッシーが、子フェニーのお父さんとお母さんだって教えてくれました。

子フェニーのお父さん達は僕達に何回もお辞儀して、子フェニーはしっぽで何回もバイバイして、中心に戻って行ったよ。また今度ね!!

子フェニーと別れると、ドモン長老達が僕達の所に来ました。

『呪いの拡大も収まったようじゃし、そろそろ動いても大丈夫ですじゃ。移動キノコは少し先にあります』

僕達はジルとクルドお兄ちゃん達にバイバイして、ミンクお兄ちゃんに乗ります。

それでね、集まっている魔獣達の姿が見えなくなった頃、僕達の前の方から、キノコさんを乗せたトラさん魔獣が走ってきました。

『ドモン長老！　いいお話と、悪いお話が!!』

『今度はなんじゃ。移動キノコへ向かいながら話を聞こう』

そのまま歩きながら、いい方のお話から聞くことに。

いいお話は、とってもいいお話でした。これから向かう移動キノコを見張っているキノコさん達の中に、元に戻るためのキノコの粉を持っているキノコさんがいたんだって。こっちに来てる僕達全員と、街で待っているお兄ちゃん達の分もあります。

それを聞いて僕達みんな拍手です。よかった。これならキノコさんが生えるまで待たなくていいね。でも……チラッとグッシーを見たら、グッシーは真面目《まじめ》な顔をして、真っ直ぐ前を見て歩いていました。どうしたの？　元に戻れるんだよ？

『それで、悪い方はなんじゃ？』

『はい。実は……』

今度は、え～って感じのお話でした。

移動キノコ、さっき僕達が避難している最中に、半分腐っちゃったんだって。根元の所からちょうど半分くらいまでが腐っちゃって、傘の部分は無事だけど、きちんと移動キノコが使えるか分からないみたいです。

『なんてことじゃ。場合によってはまた別の移動キノコを使うことになるかもしれんのう』

『とりあえず行ってみなくては。話はそれからだ』

真剣な顔のままグッシーがそう言いました。


少しして僕達が着いた場所は、黒い土と普通の土が半分半分くらいの場所でした。

黒い土の所の木や草は腐っています。

僕達は移動キノコから少し離れた場所で止まって、グッシー達が先に移動キノコの様子を見ることに。

『あっ‼』

静かに待っていたらポッケがいきなり大きな声を出して、僕は思わずビクッてしちゃったよ。

『僕、グエタと連絡を取ってみようっと。もし僕達の家の近くにいたら、僕達の今の状況、ジョーディのママ達に伝えてもらえるかも。色々あって忘れてたよ』

そういえば、ゴーレムのグエタに作られた土人形のポッケは、離れていてもグエタとお話しすることができます。

昔はとぎれとぎれでしか話せなかったし、回数も少なかったんだけど、少しずつ練習して、前よりもいっぱいグエタと連絡できるようになったんだった。

『じゃあ、今から連絡してみるね！』

そう言ったポッケ。すぐにグエタと連絡が取れました。うん！　一回で成功！

その後、少し言葉を交わして、ポッケは連絡を切りました。どうだった？

『街から二つ隣の森にいるから、何かあればすぐにジョーディのお家に伝えに行ってくれるって。とりあえず帰れるか確認してってって言われたよ』

ポッケが連絡してくれている間に、グッシーとドモン長老の話し合いが終わりました。

まずは一回だけ、この移動キノコで近くの移動キノコに移動できるか試すことになったみたい。

すぐにキノコさんが移動キノコの前に立って、クルドお兄ちゃんと同じ動きをしました。

それで移動キノコはすぐに光ったんだけど……僕達が来た時よりも光が弱かったです。それに腐ってない部分しか光っていません。

『では行ってきます』

キノコさんがその光の中に入ります。近くの移動キノコの所へ移動するだけだから、すぐにここに戻ってこられるって。キノコさんが戻ってくるはずの方角を聞いて、みんなでそっちを見ながらキノコさんを待ちます。

でもキノコさんは全然戻ってきませんでした。

ドモン長老が頭を下げて、悲しそうな顔をしました。でもその時、僕達が見ていた反対の方向からキノコさんの声が聞こえたんだ。

『長老!!』

みんなで振り向くと、キノコさんが魔獣さんに乗って、こっちに走ってきていました。

『長老、お待たせしました！』

『ふぃ、無事だったか。ところでお主、どうして向こうから来たんじゃ？』

『それが別の移動キノコの場所に出てしまい、戻るのに時間がかかってしまって。それと、向こうの移動キノコも半分腐っていました』

『そうか……グッシー様、一応移動はできるようじゃが、どこに出るかは分からないようですじゃ。どうされますかな？』

移動できるのは分かったけど、どこに出るか分からないんじゃ……グッシーはちょっと考えて、結局、僕達は移動するのを諦めました。

だって、もし森の奥に出ちゃったら？ そんな危ないことできません。

『仕方がない。ポッケ、グエタともう一度連絡を取ってくれ。それからジョーディとニッカを元の姿に戻し、残りの粉はニッカ、お前が預かっておけ』

すぐにポッケがグエタと連絡を始めます。今度も一回で成功したよ。

それでね、グエタはとっても心配してくれて、すぐにママ達の所へ行って、僕達のことを伝えてくれるって。

『さて、呪いの拡大がひとまずやみ、広場は落ち着いたとはいえ、まだ騒がしいからな。ジョーディ達はここで、元の姿に戻してもらおう』

まずはニッカから。さっきのグッシー達みたいに、すぐに元に戻ったよ。そして僕をミンクお兄ちゃんの背中からそっと降ろしてくれて、僕はキノコさんの前に。

すぐに僕の体を綺麗な光が包んで、その光が消えたら僕も元通り。ポッケ達が駆け寄ってきて、すぐに僕のポケットに入ります。

『ふぅ、やっぱりこれだね』

『ピッタリなのぉ』

『あれ、やっとく？』

ポッケとホミュちゃんが落ち着いた声を出した後、スーが僕に聞いてきました。

「う？」

『そうそう。じゃあ、「せ〜の」でやるよ。せ〜のっ!!』

みんなで揃って、ほっぺたを凹ませて『う』の顔をします。うん、バッチリ決まりました。

後ろでドモン長老がアレはなんですかって聞いていて、グッシーは気にするなって答えてたよ。

ダメだよ、グッシー。ちゃんと説明しなくちゃ。これはね、僕達のお気に入りなんだ。本当はドラック達みんながいてくれると、完璧になるんだけどね。僕達の特別お気に入り。後で教えてあげようか？　なかなか難しいんだよ？

元に戻った僕達は、魔獣さん達が集まっている広場に戻ることにしました。

戻るとすぐにジルが僕達の所に来て、グッシーに今までのことをお話しした後、これからのことについて話し始めました。僕達がいる森の状況についてね。

黒い霧みたいな物で暗かったから気付かなかったけど、いつの間にか辺りは夜になっていました。なので、寝る場所とか、ご飯食べる場所とか、決めないと。

僕やニッカは、魔獣さん達みたいにすぐに動けないだろうから、色々動きやすい場所がいいんじゃないかってグッシーが言って、ジルがみんなが集まっている端の方へ案内してくれたよ。

『ここなんてどうだ？　食料が置いてある場所にも近いし、ジョーディがすぐにおしっこに行けるだろう。それと……』

ジルが誰か呼びました。丸っこいブタさんみたいな、頭にお花が付いている、とっても可愛い魔獣さんでした。フラワーピグっていう魔獣さんだって。

ジルがフラワーピグさんに何かお話しします。フラワーピグさんもまだ子供だから、言葉が分からないんだ。

お話が終わると、僕達の前に立ったフラワーピグさんの頭のお花が光り始めました。そしたら僕達の前に、お花やわたぼこ、ふわふわな葉っぱがたくさん溢れ始めます。

それが落ち着くと、ジルが口を開きました。

『グッシーがいるから平気だと思うが、一応ふかふかな物があった方がいいだろう』

今のはフラワーピグさんの魔法だったみたいです。

僕達みんなでお礼を言うと、フラワーピグさんはニコニコしながら戻って行きました。

『次はご飯だな。食料は……ガウウ、ウガァァァァ』

いきなりジルの言葉が分からなくなって、僕はビックリします。ニッカもビックリしていたよ。僕は慌ててホミュちゃん達に、言葉が分からないって伝えます。

「ち、にゃい」

『ピュイ⁉　ピュイィィ‼』

すぐにグッシーに何か言うホミュちゃん。ホミュちゃん達の言葉も分からないよ。ホミュちゃん達は僕の言葉が分かるみたいだけど。グッシーがしまったって言いました。

『ドラック達の魔法が切れたか。おい、集まっている魔獣達の中に、人が魔獣の言葉が分かるようになる魔法を使える者はいないか？　今まで家にいる魔獣が魔法をかけてくれていたんだが。魔法が切れたようだ』

グッシーがそう言うと、ジルがグッシーに何かを話しかけます。

話が終わると、グッシーは嬉しそうにジルに頼みました。

『そうか！　では頼む！』

ジルが僕達の前に来ると、僕とニッカを光が包みます。

『ジョーディ、ニッカ、我の言葉が分かるか？』

おお！　また聞こえるようになった‼　今のジルがやった魔法は、ドラック達の言葉が分かるようになる魔法と同じなんだって。よかったぁ、ジルありがと！

『さて、言葉が分かるようになったところで、ご飯の話だ。我々肉食の魔獣は、おそらく狩りに出向くことになる。ジョーディ達は置いてある野菜や果物、木の実を自由に食べていい』

魔獣さん達の中には、魔法で木の実や野菜、果物を育てられる魔獣さんがいるんだって。だからお肉以外の物は自由に食べてもいいみたいです。

それを聞いたニッカがトマトみたいなお野菜と、大きめの硬い殻の木の実を持ってきました。そしてお野菜をナイフで小さく切って、ポッケ達に渡します。

僕には木の実の中身をくり抜いてお椀《わん》にしてくれたよ。それからくり抜いた中身とトマトを一緒にして潰《つぶ》して、僕が食べやすいようにしてくれました。殻でササッてスプーンまで作っちゃったんだ。僕はそのスプーンでご飯をすくってパクッ!! うん、美味しい!!

『よし、大丈夫みたいだな。今みたいに勝手に持ってきて食べていいぞ。この先また避難することもあるだろうし、バラバラに逃げる可能性もある。もし持てるようなら、少し食料を持っておけ。また話しに来る、今はゆっくりしていろ』

そう言って、ジルはどこかに行っちゃいました。僕達は早速ご飯を食べることにします。グッシーとニッカがバランスよく選んでくれたよ。

ご飯を食べた後は、その場でゴロゴロです。フラワーピグさんが出してくれたふわふわのおかげで全然体が痛くありません。くつろいでいたら、ニッカとグッシーが話を始めました。

「ボルフィスまで、グッシーなら早く移動できるんだろう？　今から行けないのか？」

『それは我ももちろん考えた。しかし調べたのだが……』

グッシーはここまで移動しながら黒い霧について調べていたみたい。

それで分かったことは、森の黒い霧はあるものと一緒っていうことです。アンデッドを黒いモヤモヤが包んでいるでしょう？　あれと同じだったの。

そう、この黒い霧の正体は呪いで、森全体を包むように漂っていたんだ。しかも地面よりもお空の方が呪いが強くて、今空へ出たら、呪いを受けちゃうかもしれないって。

でも地面にも呪いは漂っていて、今僕達が無事なのは、聖魔法を使える魔獣さん達が守ってくれているかららしいです。

『だが少しでもこの霧が収まったら、すぐに森を出るぞ。そしてボルフィスまで移動する』

「分かった。それならいつでも動けるように、準備はしておかないといけないな。食料は持っていていいようだから、あとは何か運べるような物があればいいんだが」

『確か食料の葉っぱの中に……』

グッシーが食料の方へ歩いて行って、葉っぱの山の中に顔を突っ込んでガサゴソします。顔を出すと大きな葉っぱを咥えていました。それをニッカの前に置きます。

面白い葉っぱなんだよ。シーツみたいなの。

『これならどうだ？　食料を包んだ後に、背負うようにすればいいのではないか？』

試しに何個か果物や木の実を包んで、ニッカが首に葉っぱを巻いてみます。うん、いい感じ。シーツみたいだから結べるし、それに丈夫だから切れないんだって。

グッシーとニッカが食料の方へ行きます。

『これと、これ。それにこれもいいだろう。保存の利く物ばかりだ。どうなるか分からないが、少しでも日持ちする物を持っていた方がいい』

そんなことをしているうちに、僕達の寝る時間になりました。

僕はグッシーに寄りかかりながら、空を見上げます。黒い霧のせいで星は見えませんでした。


次の日、周りがうるさくて僕達は起きちゃいました。起きてすぐに空を見たけど、相変わらず黒い霧がありました。でも隙間から見えた空はもう明るくなっていたよ。

僕が起きたのは、日が昇ってほんのちょっと経ってぐらい。日が昇ると同時に起きる魔獣さん達が多いみたいで、それで騒がしくなって、僕はいつもよりも早く起きちゃったんだ。

そう、色々な魔獣さんの鳴き声がとってもうるさかったんだ。それから、朝起きたばっかりなのに、集まっている丸の中から出ないように気を付けながら、子魔獣達が遊びまわっていたよ。

すると、ニッカもどこからか帰ってきました。ニッカにグッシーが声をかけます。

『どうだった？』

「言われた通りだった。それに昨日よりも少しだけ、こちらに近づいてきているようだ。だがスピードは遅い。ジルは今のうちに次の行動を考えておくと言っていた」

ニッカはジル達と一緒に、森の見回りに行っていたみたいです。とりあえず今のところは大丈夫だって。朝のご飯を食べながら、僕達は今日何する？　ってお話をします。

『ご飯の残りの、木の実の殻で遊ぶ？』

『みんなでお歌うたうなのぉ』

『僕達は小さいから、あの子魔獣達みたいに、運動するのは？』

そんなことを話しながら、朝のご飯は終わり。この前のドラックパパに似ている魔獣さんにお願いしてトイレに行ったあと、その場所を浄化してもらって戻ってきたら、子フェニーがいました。お父さんフェニーと一緒です。

『まだ帰らないなら、一緒に遊ぼうって』

スーによると、そう言っているみたいです。

ということで、みんなで子フェニーと遊ぶことになりました。

グッシーはこれから魔獣さんと森の見回りです。

何かあった時に、すぐに僕達を連れて逃げないといけないから、あんまり遠くまでは行けないけど、少しでも今の状況が変えられるヒントが見つかるかもしれないからって。

グッシーに行ってらっしゃいをした後、僕達は子フェニーとずっと遊びました。

そしてグッシーがお昼ごろ帰ってきて、遊ぶのは終了。また遊べたら遊ぼうねって約束して、子フェニーはお父さんとみんなのところに戻ります。そうしてお昼ご飯の時間になりました。

僕達は楽しくそれからも過ごしていたんだけど、お昼から夕方にかけて、二回アンデッドの襲撃があったみたい。

少し離れた場所で見回りをしている魔獣さん達が倒してくれたから、ここまではたどり着かなかったけどね。

夜ご飯の時、ジルが僕達の所に来て、グッシーと相談を始めます。

『なぜアンデッドが来る。たまたまこの森に来たのか？　それとも狙われているのか？』

ため息をつきながら話すジルに、グッシーが真剣な顔で話しかけます。

『たまたまと思いたいが。これ以上面倒なことは増えてほしくない』

『今日現れたアンデッドは、ワイバーンとキラーアントだな。キラーアントはこの辺にはいないはずなんだが。一体どこから来たのか』

『今回は突然現れた感じはしなかったな。やって来た、という方が正しいだろう』

『まったく突然現れたり、やって来たり、面倒な奴らだ』

お話は続いていて、僕達が寝る時間になっても終わることはありませんでした。

だから、お話し中のグッシーに寄りかかりながら寝ることになったよ。

それで、僕達は寝ていて気付かなかったんだけど、夜中にまたアンデッドが出たんだって。

5章　お家に帰る準備、攻撃とヘビさんアンデッド

我――グッシーと、ジルが話をする中、ジョーディ達は眠りについた。夜行性の魔獣達を除いては、大体の魔獣達が寝ていたため、周りは静かだった。

だが、それは長くは続かなかった。なぜなら今度は、我らがいる広場近くにアンデッドが出たのだ。

すぐにジル達が対処に向かい、少し経つとアンデッドの気配が全て完全に消えて、ジル達は戻ってきた。

しかし、ジルがアンデッドについて、気になることがあったと言ってきた。

アンデッドが、初めはジル達を無視してきたというのだ。ジルが攻撃をしたら、あちらも攻撃してきたらしいが……無視している時は、森の奥へ向かおうとしていたという。

『お前達が住んでいる街や他の所に出たアンデッドと、動きが同じだと思わないか？』

そう聞いてきたジルに対して、話をしようとした時だった。

向こうからある者の気配が近づいてくるのに気付いた。それにジルも気付き、ため息をついた。

『あいつがここに来たら、皆が騒ぎ出すだろうからな。それにしても一匹で来るなど珍しいこともあるものだ』

『……ニッカ、行ってくる。ジョーディ達のことを頼むぞ』

我もジルについて行くことにする。

そして広場から離れた場所で待っていると、シャドウウルフが森の奥からやって来た。

『よくここまで来られたな。森はかなり酷い状況のはずだが』

ジルがそう言うと、シャドウウルフは鼻を鳴らしながら答えた。

『俺を誰だと思っている？　で、そっちのグリフォンはどこから来たんだ？　変な気配がしていると思ったら』

『お前には関係ないだろう？　で、ここへは何をしに？　トップのお前が一匹で、誰も付けずに』

シャドウウルフ。どこの森にも住んでいて、群れで動き、森に住む魔獣達を狩って暮らしている。

ウルフには何種類かあるが、その中でも凶暴《きょうぼう》とされている部類だ。

『知らん顔をしてもよかったが、このままでは何かが起こりそうな予感がしてな』

『そうか……こっちだ、ついてこい』

ジルの案内で道から外れ、広場からシャドウウルフが完璧に見えないようにする。

『お前達の方に現れたアンデッド。妙な動きをしていなかったか？』

シャドウウルフのその問いに、ジルはとぼけたように聞き返す。

『妙な動きとは？』

『はぁ、別に俺はいいんだぞ。このまま戻っても。ただ、この森がなくなるかもしれない要因は、お前達にとっても俺達にとっても、排除《はいじょ》すべきなんじゃないのか？』

どうやらジルはシャドウウルフを試したらしい。なかなか胆力のある奴だ。

『フッ、真面目な話をしに来たらしいな。そうだ、オレ達の方のアンデッドは妙な動きをした。オレ達を無視し、真っ直ぐ奥へと進もうとした』

『やはりか。どう考えてもおかしいだろう。そんな動きをするアンデッドが今までにいたか？』

『しかも、オレ達の所だけではない』

『どういうことだ？』

ジルが我の方を見てきた。それに続いてシャドウウルフも見てくる。

我はシャドウウルフに、街に出たアンデッドについて話した。

『――ということは、色々な場所で異変は起きているのか。しかし……もしかしたらここへ来たアンデッドは、ドラゴンアンデッドの元へ行こうとしていたのか？　強いアンデッドに、他のアンデッドが引っ張られることはあるからな』

『他の街や森に関しては？』

『そんなこと、俺が分かるわけないだろう』

こうして我々はアンデッドについて話し合った。

そんな中、我はあることを考えていた。もし我の考えの通りなら、これから大変なことになるのは間違いなかった。

＊＊＊＊＊＊＊

次の日、僕達がお昼を食べていたら、グエタからポッケに、フローティーの街に着いたって連絡がありました。

グエタのお仕事仲間で冒険者のクローさんがとっても急いでくれて、グエタとクローさんはかなり早く街に着いたの。

それでポッケを通してお話を始めたとたん、僕のことを心配したママからいっぱい質問されました。

僕は無事なのか、泣いたりしてないか、ご飯はちゃんと食べているか、洋服やその他を浄化してくれる魔獣は側にいるのか、それから、それから……

いっぱいすぎて、僕はなかなか質問に答えられませんでした。

グッシーが、時間がもったいないからって、大事な質問にだけ答えたよ。

グッシーは他にもここに来てからのことをママに伝えて、大体のお話をしたら、今度はグッシーがポッケを通じてママに質問を始めました。

『まず、アンデッドが進もうとした方角が分かったか聞いてくれ』

『うん、うん、そうなんだ、分かった！　グッシー、みんな同じ方角に向かっていたって。ちゃんと他の街のアンデッドも調べて、間違いないいって』

『そうか。それはボルフィスの方角か？』

『……そうだって！』

グッシー、さっきのママみたいに、なかなか質問が止まりません。とっても大事なことだから細かく話を聞いているみたい。

『そうか、分かった。今のところはこれくらいか。また何かあったらすぐ連絡する』

『あっ、待って。ジョーディ、ママから伝言。「ジョーディ、ママはジョーディのこと愛してるわよ。帰ってきたら、いっぱい一緒にいましょうね」だって』

「ちゃっ!!」

『それからドラック達からも伝言があったよ。『帰ってきたらいっぱい遊ぼうね』って』

「ちゃっ!!」

これでママ達との連絡が終わりました。グッシーとジルは、すぐに僕達がいる広場のちょっと先の方へ移動します。これからみんなでお話です。

なんと、いつもは魔獣を襲っているシャドウウルフさんが、話をするためにここまで来ているんだって。しかもただのシャドウウルフじゃなくてリーダーさんみたい。

そんな怖いシャドウウルフさんが広場に入ってきちゃうと、魔獣が驚いてパニックになっちゃうかもしれないから、広場のちょっと先で待機中。だからみんな向こうに行ってお話し合いなんだ。

僕達は昨日みたいに邪魔にならないように遊ぶことになって、子フェニーとフラワーピグさん、他の子魔獣達と遊んだよ。だんだんとみんな僕に慣れてくれて、近くに来てくれる子魔獣が増えたんだ。あっ、でも後で、グッシーが子魔獣達にもお話があるって言ってました。

人間は僕やニッカみたいに安全な人ばっかりじゃない。魔獣さんに悪いことをしようとする人間もいます。もし今みたいに、遊べると思って近づいたら、攻撃されたり、捕まっちゃってどこかに連れて行かれたりしちゃうかも。だからそうならないように注意するんだって。

グッシーはカッコいいって、みんなに人気者だからね。グッシーのお話ならしっかり聞いてくれるはず。

たくさん遊んで夕方になって、グッシーが戻ってきました。まだお話し合いの途中だけど、同じ話の繰り返しになったから少し休憩だって。

グッシーの話が終わると、子魔獣達は大きな声で返事をして、みんなそれぞれの場所に戻って行きました。みんな、また明日ね！

暗くなる前に夜のご飯を終わらせて、グッシーはまたお話し合いに。僕達はフラワーピグさんが戻る前に、新しく増やしてくれたふわふわのお花やワタの上で、ぐっすり眠りました。

ママ達と連絡が取れてから二日。ママとは朝とお昼と夜、連絡をしています。ママがそうしなさいって言ったんだ。

僕達の周りに変化はありません。黒い土も増えていないし、この前僕達のいる場所の近くに来てからは、新しいアンデッドも来ていません。

そんな二日目ももう終わり。グッシーに寄りかかりながら、ニッカがくれた絵本を持ってきていたから、それをニッカに読んでもらって。でも、今日はなかなか寝られませんでした。

結局、絵本を読み終わっても寝られなくて、カバンにしまった僕は、寝られるまでゴロゴロ転がったり、グッシーの毛をいじってみたりしていました。ポッケ達はもう寝ちゃったからお話もできないよ。

僕が寝られなくてゴロゴロしていたら、グッシーとニッカがお話を始めました。

『アンデッドについてだが、もしかすると、まずいことが起こっているかもしれん』

「まずいこと?」

グッシーの話によると、アンデッドはみんな同じ場所に向かっているんじゃないかって。

そう、僕達が今いるこの森の奥です。僕はそれを聞いてビックリしました。ニッカの方を見たら、ニッカも驚いた顔しています。

ママが詳しく調べたみたいで、他の街に出たアンデッドが倒される前にどの方向へ進んでいたか、倒せないでそのまま進んじゃったアンデッドも、どの方向へ走り去ったのか、やっと分かったんだって。アンデッド達は、みんなこっちに向かっていたらしいんだ。

その報告を受けたグッシーは、たくさんのアンデッド達が、ドラゴンアンデッドの元に集まろうとしているって考えたみたい。グッシーだけじゃありません。グッシーの話を聞いたジル達も、それからシャドウウルフも、みんながそうかもしれないって言っているみたいです。

どうしてドラゴンアンデッドの元へ集まろうとしているのか、集まって何をしようとしているのか。それはまだ分かりません。

今はグッシーの指示で、何が起こってもいいように、見張りを増やしたり、今いる広場がダメになった時用に、次の避難先に荷物を準備したり、魔獣さん達が動いてくれています。

『これからどうなるか。本当は今すぐにでも森から離れたいが。これればかりはな』

僕は知らなかったんだけど、グッシーは聖魔法が使える魔獣さんに、どのくらいまでなら黒い霧が払えるか、一回やってもらっていたの。

そしたら黒い霧は少しは消えたんだけど、すぐにまた立ち込めちゃって、あんまり意味がなかったんだって。

『今、ドモンが試しにと、無事な土を使って移動キノコを育てようとしてくれている。もちろん後のことを考えて、すべての胞子は使えないが、魔獣達を逃がすことにも使えるからと』

「そうか。だが避難するにしても、キノコで移動するにしても、すぐに動けるようにしておかないと」

その後もグッシー達は話をしていたみたいです。僕はいつの間にか寝ちゃってました。


次の日、朝のご飯を食べ終わって少しして、ママから連絡がありました。パパがじぃじの所から帰ってきたって。パパもじぃじも怪我はしていないし、呪いも受けていなくて、とっても元気だって。スーも僕達もみんなで拍手しました。

『よかった！　サイラス無事!!』

スーはそう言って、飛び回っていました。

でもパパは、帰ってきたら、お兄ちゃん達は小さくなっていて、僕達がいなくなっていたから、とってもビックリして、凄く心配しているって。

パパ、僕はとっても元気だよ。それにお友達もたくさんできたんだ。本当は今すぐパパ達の所に行ってお話ししたいけど、我慢我慢。

僕達はそのまま、お昼までずっと連絡をしていました。

途中からはグッシーがパパ達とお話を始めたよ。グッシーがアンデッドの向かった方角を確認すると、やっぱり、じぃじの方のアンデッドもこっちに向かっていたんだ。

お話が終わったグッシーは、そのままジル達の所へ行きました。

僕達はその後ちょっとだけパパ達とお話しして、お昼の連絡は終わりです。

そして午後は子フェニーとフラワーピグと一緒に遊びます。そんなことをして、いつも通り一日が終わろうとしていた時、ジル達が僕達に大切なお話があるって言ってきたよ。

『皆で話し合ったのだがな。お前達はすぐにでも、この森から出た方がいい』

ジルがそう言うと、グッシーが首を横に振りながら言います。

『お前達の気持ちは嬉しいが、移動キノコはまだ育っていないし、黒い霧は相変わらずだ。これでは森の外には出られん。出られないのだから、このまま調べるのを手伝う。そうすれば何か方法が見つかるかもしれん』

『それなんだが、皆でこの霧を払うつもりだ』

『どういうことだ？』

今までの情報や状況を考えて、森に関係のない僕達を、これ以上危険な場所にはいさせられないってなったみたいです。

それにこの前アンデッドが出てから、まだ一匹もアンデッドは出ていなくて、黒い土も、黒い霧も薄くも濃くもなってもいない。だから僕達を帰すには、落ち着いている今しかない、ジルはそう考えたんだって。

それにね、ジルは集まっている魔獣さん達みんなに、この話を伝えてくれていたんだ。広場に集まっている、いっぱいの魔獣さん達みんなにだよ。集まっている魔獣さん達も、賛成してくれたみたい。

でも僕達が森から出るには、グッシーが言ったみたいに、聖魔法を使える魔獣さん達の力を借りないといけません。それもほぼ全員の。だからみんなで魔法を使って、一気に霧を払って、空まで僕達の進む道を作ってくれるんだって。

『しかし、それではこの場所はどうなる。その間に霧がこの広場に入ってきてしまうかもしれん』

グッシーは難しい顔をしてジルにそう言うと、ジルは頷きながら言葉を返します。

『少しの間だったら聖魔法が、我らの方にも効くはずだ。お前達を逃がした後は、魔法を使った魔獣達の魔力を回復し、また魔法を使ってもらう』

『確かではないだろう』

『まぁな。しかしチャンスは今しかないかもしれん。勝手にここへ呼んで、勝手に帰れと言うのは、お前達には本当にすまないと思う。だが、チャンスを見誤るな』

グッシーが静かになります。

その時、一緒にいた子フェニーとフラワーピグが、僕の隣に来て静かに座りました。

『キキィ？』

『ピグ？』

なんて言っているの？　僕の様子に気付いて、グッシーが教えてくれました。

帰っちゃうの？　もう遊べない？　って聞いていたって。

『そうだな。もし可能ならば、我らは一度自分の家に帰らなければ。その後我がここへ来るかは分からない。が、森が元に戻ればまたここに遊びに来るのは可能だ』

『キキィ、キュ』

今のは、森が元に戻るか分からないでしょう？　って言ったんだって。みんなが静かになります。

そんな中、ジルがゆっくり子フェニー達の前に行きました。

『確かに今の段階では、森が元に戻るかは分からない。そして皆が無事に逃げられるかも分からない。解決できない場合もあるのだ。それにお前達のように、ジョーディ達にも、父親や母親、家族がいる。お前達、家族とずっと離れ離れになるのは嫌だろう？』

『キキィ!!』

『プギ!!』

今のは、『うん！』だって。

『そうだろう？　もしまた森にアンデッドが現れたら？　黒い土が広がったら？　ジョーディは家

族と会うことができなくなってしまうかもしれない。だからジョーディ達は帰らねばならんのだ』

二匹が僕達の方を見てきて、寂しそうに頷きました。

そんな二匹にジルが続けます。寂しそうな顔するな、絶対にもう会えなくなるってわけじゃないって。

今キノコさん達が、新しく移動キノコを育ててくれているでしょう？　それが成功して、みんなが別の森へ避難できたら、また遊べるぞってジルが言いました。

子フェニーとフラワーピグさんが、ジルの話を聞いて今度は笑顔になりました。それで僕達の周りをぐるぐる回ったよ。僕達も拍手します。

『よし！　それじゃあグッシー、お前達は準備をしろ』

『我はまだ何も……』

『帰るんだろう。自分の主を守らなくてどうする』

『……ああ。分かった』

それからグッシーは、ニッカに帰る準備をしろって言いました。

ニッカはすぐに荷物をまとめて、その後葉っぱのシーツに、ギリギリまで果物と木の実をしまいます。

グッシーはもう少し詳しくジル達とお話し合いをするみたいです。

僕も忘れ物がないように、カバンの中を確認。サウキーのぬいぐるみが二つ、絵本が一冊、ボールが一個。うん、バッチリ!!

最初に準備が終わった僕やポッケ達は、出発前に子フェニーとフラワーピグさんと、お別れの挨拶です。

それで挨拶を始めようとしたら、クルドお兄ちゃんとミンクお兄ちゃんが僕達の所に来ました。

二人にもお別れの挨拶をするのかなと思ったら、二人共僕達と一緒に行ってくれるんだって。

クルドお兄ちゃんは無事な移動キノコを見つけたら、すぐにキノコを使えるようにするため。

ミンクお兄ちゃんは魔法を使って僕達を守るため。

『オレは風の魔法で、空を飛ぶことができるんだ。だからお前達が空を飛んで逃げても、オレはそれについて行ける』

二人共、ありがとう!!

その後、グッシーとニッカの準備もすぐに終わりました。後はクルドお兄ちゃんの準備だけ。

クルドお兄ちゃんのお父さんとお母さんも一緒に準備してくれました。

もし他の場所にある、無事な移動キノコで僕のお家まで移動できたら、僕のお家で移動キノコを育ててほしいんだって。僕のお家の土はぜんぜん腐っていないから。

それから他にも元気になれるキノコや、グッシーみたいに全部が治せるわけじゃないけど、怪我や病気が良くなるキノコ、色々なキノコの胞子を持たせてくれたよ。

クルドお兄ちゃんのお父さんとお母さんが、僕達の前に立ってお辞儀をします。

『クルドのことをよろしくお願いします』

『少し抜けているところもありますが、どうか』

グッシーが力強く頷きました。

『分かっている。しっかり守る』

みんなの準備が終わって、いよいよ出発の時間です。

魔獣さん達の輪から少し離れて、僕達の周りを聖魔法が使える魔獣さん達が囲みます。

僕とニッカがグッシーに乗って、僕の左の胸のポケットにはポッケとホミュちゃんが、右のポケットにはスーとクルドお兄ちゃんが入りました。

それから僕はポケットに付いているボタンでしっかりポケットを閉じます。

みんな体はしっかりポケットに中に入っていて、顔だけ外に出ている感じになりました。飛んでいる時に何かあって、落ちちゃうといけないからね。

最後にミンクお兄ちゃんが乗ります。ミンクお兄ちゃんは風魔法で空を飛ぶことができるけど、グッシーが安全な場所に出るまでは、一緒にいた方がいいって。そして……

『ワイルドボアよ、本当にいいのか？』

『ああ。俺には別にペガサスのいる森に待ってる奴はいないからな。せっかくここまで来たんだ。最後までこいつらの面倒を見るさ』

あのね、ワイルドボアさんは森に残って、子魔獣達を守ってくれることになりました。子魔獣達はグッシーだけじゃなくて、ワイルドボアさんにも懐《なつ》いていたんだ。

『では、我らは行く。なるべくだったら戻ってきたいが』

グッシーの言葉に、ジルが頷きます。

『分かっている。その時の状況次第で戻ってきてくれればいい。オレ達の仲間を頼む』

『ああ』

子フェニーとフラワーピグさんが、聖魔法を使う魔獣さん達のちょっと向こうで、手としっぽを振ってくれています。また遊ぼうね！

ジルとワイルドボアさんが、子フェニー達の隣に移動すると、聖魔法を使う魔獣さん達全員の体が、光に包まれ始めました。その後すぐに僕達の足元に、魔法陣みたいなものが出来始めます。この魔法陣が完璧に光ったら、魔法が発動するんだって。

光るのを待つ僕達。

もう少しで魔法陣が全部が光るところまで来た時でした。グッシーがガバッ!!　と顔を上げて、凄い勢いで周りをキョロキョロしたんだ。

グッシーだけじゃありません。ジルや、見送りに来てくれた魔獣さん達も、みんなキョロキョロし始めました。

ジルがすぐにキョロキョロを止めると、聖魔法を使っている魔獣さん達に叫んだよ。

『急げ!!　お前達のことは俺達が安全に運ぶ!!　最大で魔法を使え!!　この広い森を囲むほどの、かなりの数のアンデッドが集まってきた!!』

すると聖魔法を使う魔獣さん達の体を包む光が強くなって、魔法陣もさっきよりも早いスピードで光っていきます。

僕はその時、チラッと子フェニー達を見ました。他の魔獣さん達は避難を始めていて、子フェニーとフラワーピグさんの所にもお父さん達が来たみたいです。

その時、魔法陣が全部光ったよ。

『よし!! そのましっかり……』

グッシーが言いかけて、途中で黙りました。グッシーが黙ったのとほぼ一緒にジル達も黙って、他にも黙っている魔獣さん達がちらほらいます。

グッシーとジルの声が重なって、他の魔獣さん達も、避難しようとしている魔獣さん達に叫びました。そしてグッシーとニッカが、僕を守るように覆《おお》いかぶさってきた次の瞬間……

『『しゃがめっ!!』』

ドガガガガガッ!!

凄い音と、黒い光線が、森の奥の方から飛んできて、それが僕達や魔獣さん達の上を通り過ぎました。それから地面が凄く揺れて、風もビュウビュウ吹いてます。

僕は目をギュッと瞑りました。

数十秒後、風も揺れも少し収まって目を開けると、周りは凄い騒ぎでした。

みんな別々の方に走って行こうとしていて、それを守ってくれている魔獣さん達がなんとか止めて、避難する方へ向かわせています。

さっき黒い光線が飛んできた方を見ると、上の方が削れちゃっている木々がありました。

『結界を張れるか!?』

ジルの声に、聖魔法を使う魔獣さん達が頷きます。聖魔法を使う魔獣さん達が少しだけ光ったら、避難する魔獣さん達が進んでいる先に、白いカーテンみたいなものができます。いつもより強い聖魔法の結界だって。でもその結界を張った瞬間……

『『また来るぞ!! しゃがめ!!』』

グッシーとジルの声に、またみんながしゃがみます。今度はみんなが避難している反対側の方に、あの黒い光線が飛んできます。それが落ち着くと、魔獣さん達は避難を再開しました。

僕は慌てて子フェニー達がいた方を見ます。そこには、ジルに寄り添って座っている子フェニーとフラワーピグさん、それからジルに何かお話ししている二匹のお父さん達がいました。

「グッシー、今のは?」

ニッカがグッシーに聞きます。

『今のはドラゴンアンデッドの攻撃だ。急に奴が動き始めた』

「そんな、なんで今……」

『おい!!』

話している最中、ジルが呼びかけてきました。

僕達が振り向くと、ジルが子フェニーとフラワーピグさんを咥えていて、そのまま僕達の方に二匹を投げてきました。ミンクお兄ちゃんが慌てて二匹を口でキャッチします。

『なんとか飛べるようにするから、その二匹も連れて逃げてくれ。それから……』

ジルが言うには、今のバタバタで魔法陣が消えちゃったから、またもう一度魔法を使ってくれるって。でもさっきの半分の数の魔獣さん達に頼むから、少し時間がかかるかもって。

『分かった！　二匹は任せろ！』

グッシーがそう言って頷いたのを確認して、子フェニーとフラワーピグのお父さん達は他の魔獣さん達と一緒に避難を始めました。

言われた通り時間がかかったけど、無事に魔法陣が完成しました。

『よし、行くぞ!!』

グッシーがジルの方を見ると、ジルが軽く頷きます。

僕達全員を乗せたグッシーは大きく羽を広げ、ブワッ!!　凄い勢いで空へと飛び上がりました。

『くそっ!!　またか!!』

でもその途中で黒い光線が、森の奥の方からどんどん飛んできたの。僕達の方だけじゃなくて、あっちこっちに飛んでいるんだ。グッシーはそのせいでなかなか森の上に出られません。

『くっ、ダメだ』

聖魔法が薄くなって、森の外へ出られなくなっちゃいました。そんなグッシーにミンクお兄ちゃんがこれを使えって。毛の中から一本のお花を器用に出して、ニッカに渡して言います。

『聖魔法が使える魔獣に、これを作っておいてもらったんだ。今の状況で、空から街へ戻るのは難しいだろう。オレがいい場所を知っている。いったんそこへ避難した方がいい』

『分かった。案内しろ！』

ミンクお兄ちゃんの言う通りに飛び始めるグッシー。

ミンクお兄ちゃんが花に手をかざすと、花が光って僕達の周りを包みました。

どんどん飛ぶグッシー。着いた場所は、ちょっと狭いけど黒い霧が薄くて、土や木や花が無事な場所だったよ。

グッシーはそのまま、前に使ったことのある、周りから見えなくなる結界を張ってくれます。僕がグッシーに声をかけようとすると……

『結界を張ったから、静かにしているのだぞ』

僕達はみんな、それぞれ自分の口を手で押さえます。

そうしたら木を倒しながら、たくさんの魔獣さんが木の後ろから出てきました。

みんな黒いモヤモヤに覆われ、目は赤く光っていて、ぎゃあぎゃあ騒ぎながら、僕達の少し前を歩いていきます。

グッシーが話していいって言ったのは、その魔獣さん達がいなくなって少ししてからでした。

『大丈夫そうだな。まだ気配はするが、近くにはいない。今のうちに色々考えなければ』

今の魔獣さん達は全員アンデッドだったよ。他にもたくさんいるみたいです。森の周りにアンデッドが集まってきたって言っていたもんね。

『我は長く生きてきたが、一度にこんなにたくさんのアンデッドを見たのは初めてだ』

『これを貰っておいてよかった。まだ五本あるから渡しておこうか？　俺の分は別に体の毛の中にしまってあるから気にするな』

ミンクお兄ちゃんが、さっき出した花と同じ花を五本、体から出してきました。

『ジルがな、何が起こるか分からないからと、聖魔法を使える連中に頼んで作っておいてもらったんだ』

この花の色は真っ白で、とっても珍しい花みたい。

聖魔法を花にかけて、僕達みたいに聖魔法が使えない人達に渡すんだって。渡された人が花に魔力を流すと、花が反応して聖魔法の結界を張れるようになるらしいです。

ジルが、ミンクお兄ちゃんに六本渡していたようです。

『使っているうちに力はだんだんと弱まっていくが、我が魔力を流せば十五日くらいは持つだろう。森の外側を覆っている、一番濃い霧には無理だが、今くらい薄い霧と、黒い土の上は移動できる』

そう言って、グッシーがくちばしをお花にちょんって付けます。お花はすぐに光り始めました。

ニッカが持っていたお花にも触ると、光が強くなったよ。

グッシーがそれぞれ持っておこうって言って、今光っている物はグッシーとニッカが一本ずつ持つことになりました。

使っていない物は、僕のカバンと、ポッケ達が入っているポケットにしまったよ。

これから黒い霧が薄い場所を探して、もし薄い場所があれば、そこから森の外へ出るみたいです。でも探しながらも、ジル達と合流することも考えています。

そういえばジル達みんな大丈夫かな？　そう思っていたら子フェニー達がグッシーにそのことを聞いたみたい。グッシーが気配で調べてくれて、みんなアンデッドを避けながら、なんとか別の場所に避難できたみたいだって教えていました。

『よし！　我らもアンデッドがまた近づいてくる前に移動を始めるぞ。と、その前に、お前は落ちるといけないからな。ちょっと待ってろ』

グッシーが近くの木に絡まっているツルを持ってきて、ニッカに『ツルを使って、フラワーピグをミンクの背中に乗せてやれ』って言いました。

フラワーピグさんを背中に乗せて縛《しば》った後、ミンクお兄ちゃんは近くを走ったりジャンプしたり。動きには問題ないって。それから子フェニーは、僕の洋服の中に隠れて、襟《えり》の所からお顔をちょこんって出したよ。

『よし、出発するぞ!!』

僕達はアンデッドが進んだ方向とは逆の方へ歩き始めました。


グッシーとミンクお兄ちゃんが止まります。

『まただ』

グッシーがそう言ったので、僕達は声を出さないように口を押さえたよ。

少ししてアンデッドが三匹、僕達の前を森の奥へ向かって歩いて行きました。

出発してからどのくらい経ったかな？　ミンクお兄ちゃんが知っている安全な場所を通りながら、それからアンデッドを避けながら、僕達はどんどん森の外へ向かっています。

でもすぐにアンデッドが現れちゃって、なかなか前に進めないんだ。今のアンデッドでもう六回目。その度にグッシーが、僕達が見えなくなる結界を張ってくれます。

その後も何回かアンデッドに会いながら、見つからないように、僕達はそっとそっと進んで、ようやく今日のゆっくりする場所にたどり着きました。

『今のうちにご飯を食べてしまおう。それからジョーディはトイレに行って、寝られそうなら、なるべく寝ておいた方がいい』

大きな果物一つを僕とポッケ達で分けて、グッシーとミンクお兄ちゃんは果物を一つずつ食べました。

ちなみにグッシー達は魔獣にしか食べられない果物や木の実を見つけて、食べながら歩いていたから、そんなにお腹は空いてないって。

グッシーに言われた通り、ご飯が終わったらすぐトイレに行きます。

その後はフラワーピグさんがフワフワを出してくれたから、僕はそれに寝転がります。寝られるうちに寝ておかないとね。

どれくらい寝ていたのか、僕はふと目を開けました。少しだけ顔を動かすと、隣でニッカが寝ていて、反対側ではポッケ達が寝ています。

『交代の時間だ』

『ああ、ゆっくり休めよ』

グッシーとミンクお兄ちゃんは交代で見張りをしているみたい。

『アンデッドの気配はどうだ？　オレは近くには感じないが』

『我もだ。もう少ししたらニッカを起こして、出発しようと思っている。ジョーディ達は寝たままでもいいだろう。アンデッド達がいないうちに進まなければ』

『かなりの数が森の最奥に集まっているな。最奥にいない奴らの方が少ないくらいだ。この様子なら、これからはあまりアンデッドに会わないで進めるかもしれないな』

『ドラゴンアンデッドの動きもまた止まってはいるが……これだけのアンデッドの数。この森はもうダメかもしれんぞ』

『……分かってる。他の森へ逃げる計画を進めざるをえないだろう』

『皆、無事に移動できればいいが』

グッシーが僕達からちょっとだけ離れて見張りを始めて、代わりにミンクお兄ちゃんがふわふわの上で丸くなって寝始めます。その後すぐに僕もまた寝ちゃいました。


次に起きた時、僕はグッシーの上にいました。さらにニッカに抱っこしてもらって進んでいたよ。

グッシー達のお話し合いの通り、僕達が寝ているうちに出発したみたいです。

僕が起きた時にはポッケ達はみんな起きていて、みんな静かにお喋りしていました。

それにこれもグッシー達が言っていた通り、アンデッドに会ったのは、僕が寝ていた時に一回、起きてから一回だけで、昨日よりもスピードを上げて進むことができました。

アンデッド達は森の奥に集まっていて、外の方が少ないって言っていたもんね。

だからグッシーの予想よりもかなり早く、今日の寝る場所に到着しました。

昨日みたいにご飯を食べてトイレに行ったんだけど、今日はすぐに寝られません。

無理に寝ようとしたんだけどダメで、仕方なくグッシー達の話を聞きながらゴロゴロすることにしたよ。

グッシー達のお話が終わっても僕がまだ起きていたら、グッシーに起きているなら白い花を出せって言われました。僕はグッシーにお花を渡して、お花に聖魔法を込めてもらいます。

『さぁ、そろそろジョーディ達を……』

それは突然でした。グッシーがそう言いかけた時、いきなり地面が体を支えていられないくらいに揺れ出したんだ。

グッシーもミンクお兄ちゃんも、ニッカも上手く動けません。

僕は近くにいたポッケ達に手を伸ばして、腕の中になんとか集めます。

そのままポッケ達は這うようにして、僕の洋服のポケットに潜《もぐ》って、自分達でボタンを留めました。うん、これでポッケ達は大丈夫だね。子フェニーも洋服に潜ったよ。

グッシーを見ると、グッシーが気付いてニッと笑います。

グッシーが笑っているんだからきっと大丈夫です。

と、思ったら……

あれ？　なに？　グッシーのカッコいい笑顔が、一瞬で見えなくなったんだ。

そしてなぜか僕は木の上の方にいました。下からグッシーとニッカ、ミンクお兄ちゃん、フラワーピグさんの僕達を呼ぶ声がして、僕はそっと下を見ます。

僕の下には、木じゃなくてとっても太くてザラザラしていて長い物が。僕、これ見たことあります。でもサイズが大きくない……？

『ジョーディ!! 今すぐ奴を倒して……今度はなんだ⁉』

そう言うグッシーの後ろから、ブラッドベアーのアンデッドが五匹現れます。

ブラッドベアーのアンデッド達がグッシーを攻撃しました。グッシーはその攻撃を避けながら反撃します。

グッシーとミンクお兄ちゃんがブラッドベアーのアンデッドの相手をしているうちに、ニッカが太くてザラザラで長い物を攻撃しながら、僕達のがいる所まで登ってこようとするんだけど、上手くいかないみたいで、すぐに地面に下りちゃいます。

僕はそっと後ろを振り返ります。僕の後ろには顔が。

あのね僕、今なぜか大きなヘビさんの体にくっ付いていたんだ。普通のヘビじゃないよ。頭だけでも僕が四人分くらい？

『待ってて、確認するから！ たぶん洋服が鱗《うろこ》に引っかかってるんだと思うんだけど。僕が突けば外れるかも!!』

そう言ってスーがポケットの外に出ます。そして僕がどうやってヘビにくっ付いているか確認すると、すぐにポケットに戻ってきました。

『どうしよう！ しっかり鱗に引っかかっちゃってる。これじゃあ僕が突いてもダメだ！』

引っかかっているのは僕だけなんでしょう？ ならポッケ達だけでも逃げなくちゃ。だってこの大きなヘビさんはアンデッドだもん。

僕はポッケ達に、すぐに逃げるように言います。するとポッケ、ホミュちゃん、スー、子フェニーが首を横に振って答えました。

『なに言ってるの！　僕達はいつも一緒でしょ!!』

『ホミュちゃん、ジョーディから離れないなの!!』

『僕だって！　僕はジョーディの契約してない魔獣の中で、一番の友達なんだから!!』

『キキィ、キィッ!!』

子フェニーはなんて言ったか分からなかったけど、キリッとした顔をして頷いたよ。

その時でした。

『ジョーディ!!』

グッシーの声と共に、僕が見ていた景色が動き始めました。

大きなヘビさんアンデッドが、森の奥の方向へ向かって動き始めたんだ。

一生懸命ニッカがヘビに攻撃をするけど、ヘビがしっぽでニッカを攻撃します。

ニッカは少し当たっただけなのに、向こうの木の方に飛ばされちゃいました。グッシーとミンクお兄ちゃんはまだ他のアンデッドと戦っていて、僕達はどんどんグッシー達から離れてしまいます。

『すぐにこやつらを倒し追い付く!!　いいか!!　絶対だ!!』

そのグッシーの言葉とほとんど同時に、グッシー達が見えなくなりました。

僕はグッシー達が見えなくなってから、すぐに体の前を腕でガードしポッケ達が落ちないようにします。もしかしたら何かの拍子に、外に出ちゃうかもしれないから。

僕は小さな声でポッケ達と話します。

「よねぇ。ちー、しゅよぉ？」

僕が「ねぇ、グッシー、すぐ来てくれるよね？」って聞いたら、ポッケとホミュちゃんが答えてくれました。

『うん、すぐに来てくれるよ』

『グッシーはいつも、ホミュちゃん達守ってくれるなの』

ちなみに僕達が今、ヘビさんアンデッドといて呪いを受けないのは、お花のおかげです。

さっきアンデッドが現れる直前に、グッシーがお花に魔力を流してくれたから当分持つはず。

その間に、絶対迎えに来てくれるよ。

ニッカは大丈夫だったかな？　飛ばされて木にぶつかって……もし怪我をしていたら、グッシーがアンデッドを倒した後、ちゃんと怪我を治してもらってね。

それにしても、ヘビさんアンデッド、地面の下から出てきたよね。

いつもグッシー達は気配でアンデッドの居場所が分かるのに、地面の下にいたからグッシーもミンクお兄ちゃんも気が付かなかったのかな？　みんなビックリしていたよね。

みんなもそう思ったみたい。その話を始めました。

『グッシー、どうして分からなかったのかな？』

ポッケが首をかしげてそう言うと、スーが頷きました。

『いつもすぐに気付くのにね』

「じちゃ、にゃかよぉ」

僕はさっき考えていたことを言ってみました。

『地面の中にいたから？　うん、そうだね』

『地面のとっても深い場所にいて、一気に地上へ向かって上がってきたから、気付くのが遅れたとか？』

そんな中、クルドお兄ちゃんが、このヘビさんアンデッドは気配を隠せる魔獣なんじゃって言いました。

『僕、前に長老から聞いたことがあります。魔獣の中には気配を隠せるやつがいるって』

クルドお兄ちゃんによると、敵に見つからないように、あるいは相手に気付かれないように近づくために、気配を消せるそうです。

その種類の魔獣さんだけができるんじゃなくて、同じ魔獣さんでも気配を消せる魔獣さんとできない魔獣さんがいるみたい。

そんな魔獣さんがいるんだね。それじゃグッシーでも気が付かないかも。

あ～あ、せっかくいい感じで進んでいたのに。

僕達はその後も静かに、変に暴れないで、ヘビさんアンデッドにくっ付いていきました。

6章　逃げられる？　ごめんねグッシー

なぜだ？　なぜ気が付かなかった⁉　我が主ジョーディが土ヘビのアンデッドに攫われてしまった！

サウキーのような小さな生き物のアンデッドも見逃さないように、我――グッシーは体すべてで気配を探っていたのに。空から来ようが地面から出てこようが、気配を感じたらすぐ気付くはずだったのに。それなのになぜ⁉

ジョーディ達を助けようと、すぐに我は動いた。

ところが土ヘビのアンデッドの他に、五体のブラッドベアーのアンデッドが我らの後ろから現れた。

我としたことが、突然の土ヘビのアンデッドと、引っかかったジョーディに気を取られ、他のアンデッドに気が付かなかったのだ。

なんとかブラッドベアーのアンデッドと戦いながら、ジョーディを助けようとした。

少しして、なぜか止まっていた土ヘビのアンデッドがついに動き始めた。ニッカが止めようとしたが、ニッカは土ヘビアンデッドの攻撃を受け、少し向こうの木の所まで飛ばされてしまった。

そしてついに、我がジョーディの名を呼んだが、ジョーディ達の姿は木々の間に消えてしまった。

それから我は、かなり時間がかかってしまったが、ミンクと共に、なんとかブラッドベアーのアンデッドを倒すことには成功した。急いでニッカの所へ行けば、腕と足の骨を折っていたため、我は治癒《ちゆ》魔法をかけながら、ジョーディ達を追うことにした。

ミンクとフラワーピグには、先にジルの所へ避難しろと言った。

だが、ミンクは、戦力は多い方がいいと言い、それからフラワーピグは絶対について行くと譲らなかったので、結局皆でジョーディ達を追うことになった。

土へビアンデッドの気配が分からなかったため、奴が通ったと思われる場所をたどる。

幸い奴は土に潜らず、木を倒しながら進んでいたため、なんとか追うことができた。しかしアンデッドとの戦いに時間がかかってしまったため、かなり進まれてしまったのだ。

ジョーディ達は花を持っているから、呪いは受けていないだろうが、呪いが濃い場所へ連れて行かれてしまったら……

「もう少しスピードを上げるぞ。結界を張るから大丈夫だとは思うが、しっかり掴まっていろ！」

我はスピードを上げる。早くジョーディ達に追いつかなければ。

かなり森の奥へと来てしまった。もしもドラゴンアンデッドの所まで行かれてしまえば、花があっても呪いを受けてしまう可能性の方が高い。

ジョーディ、待っていろ、すぐに助ける!!

＊＊＊＊＊＊＊

どのくらいヘビさんアンデッドにくっ付いていたかな？

『アンデッドだらけだね』

スーがそう言いました。僕達の周りはアンデッドだらけになっていて、そしてみんな同じ方向に向かって進んでいます。色々な種類のアンデッドがいて、知らない魔獣ばっかり。

『でもこれだけアンデッドがいるけど、全然黒い霧が濃くならないね。森の奥にも近づいてるのに』

今度はポッケがそう言います。僕もそう思っていたんだ。お花のおかげで僕達はアンデッドの呪いを受けないで、ここまで無事に来られているけど、霧にはお花は必要なかったかな？

ここに来るまでに、まず六匹のアンデッドが僕達の後をついてくるようになりました。その時は黒い霧に変化はありませんでした。

次は十匹くらいのアンデッドが加わって、黒い霧が少し濃くなったよ。

僕達その時とっても心配していました。

だって、どのくらいまで黒い霧が濃くなったら、お花が効かなくなるか分からなかったから。

でも少しして変化が起きたんだ。だんだんと黒い霧が薄くなり始めたんだよ。

その時アンデッドはさらに増えていて、僕達が向かっている森の奥にはドラゴンアンデッドがいるから、呪いが強くなるはずなのに、薄くなっていきました。

『ねぇ、何かおかしくない？』

『うん。呪いの力が弱くなるなんて聞いたことないもんね。ねぇ、クルド。アンデッドのことについて、長老に何か聞いたことある？』

スーの疑問を受けて、ポッケがクルドお兄ちゃんに質問をします。

『いいえ。集まると力が強くなるってことは聞いたことはありますけど』

『もう少し弱くなったら、逃げられるかもなの』

『その時のために、なんとか洋服を鱗から外そう。こいつら、僕達に興味ないみたいだし』

そう、ポッケの言う通り、どんなにアンデッド達が集まっても、みんな僕達のことをチラッと見ただけで、攻撃をしてこないし、その後は見てもこないんだ。

だからもしかしたら、洋服が外せたら僕達は逃げられるかもしれません。

スーがサッと移動して、洋服の状態を確認してくれます。それから子フェニーも洋服から出てきて僕の首に巻き付いて、スーと一緒に確認します。

今の洋服の状態は、完全に洋服に鱗が刺さっている状態だって教えてくれました。

と、後ろからカリカリ、カリコリって音が聞こえてきました。

僕がなんの音？　って聞いたら、スーが、僕の洋服を子フェニーがかじっている音だって教えてくれます。スーも合わせて突いてくれるって。

二匹とも気を付けてね。なるべくアンデッドに触らないようにしてね。

スーと子フェニーが一緒に洋服を外そうとしてくれている間にも、周りの黒い霧は、どんどん薄くなっていきました。そして……

ズルッ!!

「にょっ⁉」

いきなり僕の体が、少しだけ下に下がって、ちょっとビックリしました。

スー達が、ちょっと洋服を切るのに成功したんだ。

『スー。もし洋服が完全に切れそうになったら、その前に戻ってきて。きっと最後は僕達の重さで洋服が切れるはず。そうしたら僕達、転がり落ちることになるよ。その前にみんなでジョーディのポケットと洋服に避難しないと。それでジョーディはでんぐり返しの格好で着地してね』

ポッケにそう言われて、僕とスーは元気に返事をします。

「たい!!」

『分かった!!』

そのまま下りたら危ないもんね。

それに下りて高速ハイハイで逃げる時にもしバラバラだったら？　そのまま離れ離れになっちゃうよ。

僕達は逃げる準備を始めます。

『よいしょ、よいしょ……あっ!!　穴が大きくなったよ!!　そろそろ戻った方がいいかも。子フェニー戻ろう！』

『キキィ!!』

洋服を切り始めてから少しして、スーと子フェニーがそれぞれの位置に戻ってきました。

今なら僕も分かるよ。最初はしっかりヘビさんアンデッドにくっ付いている感じがしたけど、今はグラグラ。全然安定していません。

僕はいつ落ちてもいいように、みんなのことをギュッと抱きしめると、頭を下げてでんぐり返しの準備をします。

いつ落ちるか、ちょっとドキドキしながら待っている時でした。急にヘビさんアンデッドが止まったんだ。その拍子に、ブチッ!!　って音がして、服がちぎれました。

僕は前に転がらないで、横に転がっちゃったよ。

勢いよく転がり落ちた僕は止まるのを、目を瞑って待ちます。

そしてやっと止まると、僕はフルフル頭を動かしてから、すぐにみんなが無事か確認します。右の肩がちょっと痛かったけど、これくらいなら大丈夫。

『僕は大丈夫。みんなは？』

『ホミュちゃん大丈夫なの！』

『僕も大丈夫だよ。クルドは？』

『僕も大丈夫です！』

『キキィ!!』

子フェニーも大丈夫みたい。よし！　戻らなくちゃ!!　僕はすぐに高速ハイハイの格好をして、周りをキョロキョロ。地面は全部が黒い土だったけど、お花のおかげで大丈夫です。

ヘビさんアンデッドが通った道は、木のトンネルみたいになっているからすぐに分かります。

でも……あれ？　僕はキョロキョロを止めて、ゆっくり周りを確認してみました。

少し向こうも見えないくらいに、アンデッドがぎゅうぎゅうになっていました。ぎゅうぎゅうすぎて、自分達も動けないみたい。

『なんか変。ジョーディ早く行こう！　みんな僕達には興味ないみたいだし』

ポッケにそう言われて、僕はアンデッドの隙間を抜けるように、高速ハイハイで進み始めます。

ポッケの言った通り、アンデッド達は全然僕達を見ていません。たまにチラッと見てくるアンデッドもいたけど、すぐに前を向いて知らん顔します。

みんなが、向こうが進みやすそうとか、あっちはダメとか、教えてくれながら、僕はどんどんアンデッド達の間を進んで行きます。

そしてなんとか、アンデッドでギュウギュウの所を抜けることに成功しました。

それでもまだまだアンデッドだらけだし、僕達に興味がないとはいえ、アンデッドの前で道を探すのは難しいです。

だから草むらに隠れながら道を探すことにしました。ちょっと向こうに無事だった草むらを見つけたから、そこに入ってて草の間から道を確認します。

でも、その時突然、大きな鳴き声が聞こえたんだ。ギャオォォォォォォッ!!　って。

僕達はみんなビックリして、耳をふさぎました。

『まずいよ、今の声、ドラゴンの鳴き声じゃない!? 僕達、こんなに奥まで来ちゃっていたんだ。ジョーディ急ごう!!』

スーに言われて、急いで道を探します。

あっちを見て、そっちを見て、別の草むらに移動して。三つ目の草むらに移動した時でした。

『あ、あそこなの!! あそこに道があるなのぉ!!』

ホミュちゃんが道を見つけてくれました。よし! 出発!! ……あれ?

一歩動こうとして、変な感じがして止まります。手や足を動かして、変わったところがないか確認します。僕がそんなことをしていたら、ポッケ達が何か変じゃない? って言い出しました。

『う〜ん、でも考えてる暇ないよ。ジョーディ、行こう』

スーにそう言われて、僕はハイハイを再開します。でもやっぱり変な感覚がするんだ。

もう、何!? 僕達は早くここから離れたいのに!

僕は気にしないようにしながら進み続けます。

『ジョーディ、進んでないなの!!』

突然のホミュちゃんの声に、僕は思わず止まっちゃいました。

進んでいない? 変なこと言わないでよ。

『本当なの!! 進んでないなの!!』

ホミュちゃんがあんまり言うから、僕達は地面や、周りの木をじっくり見ながらハイハイしてみることにします。

「にょ？」

『あれ？』

僕とポッケは同時に首をかしげます。

ホミュちゃんの言うことは嘘じゃありませんでした。ハイハイで進んでいるはずなのに、地面も周りの木も、景色がまったく変わっていません。なんで？　なんで進まないの？

その時、フワッとした感じがして、僕は周りをキョロキョロします。

そうしたらいつの間にか僕達の周りを、黒色だけど透明な、結界みたいな物が包んでいました。

人差し指でその変な結界みたいな物を突いてみると、ぷよんぷよんって弾かれました。

『これのせいで進めないいんじゃない？　突いてみようか』

『う～ん。危ないいんじゃないかな？』

そんな話をしているうちに、またまた変化が起きました。

僕達を包んでいた結界みたいな物が、どんどん丸くなってシャボン玉みたいになって、僕達を包んだまま、空中に浮かび始めたんだ。

僕は慌てて結界を破ろうとします。スーもポケットから出て破ろうとしてくれたけど、止めました。

だって何が起こるか分からないし、変な結界が破けたら、すぐにまた進まないといけないから、僕から離れない方がいいと思ったんです。

「にょおぉぉぉ!!」

僕はもっと力を入れます。でも変な結界はなかなか破れません。そんなことをしているうちに、ふと下を見たら、僕達はアンデッド達の上まで浮かび上がっていました。

上に浮かんだおかげで、僕達がいた場所がよく見えます。

『これ、全部アンデッド!?』

『多いって分かってたけど、こんなにいたなんて』

ポッケとスーが下を見てそんな声を上げます。

そこには、避難していたあの大きな広場よりももっと広い場所で、身動きができないほどのアンデッド達がいっぱい集まっていました。しかもみんな同じ方向を向いてるんだ。

何を見ているんだろう？　そう思った僕は、アンデッドが見ている方向を見ようとします。でも変な結界はフワフワ浮いているし、僕もフワフワって感じで、上手く方向を変えられません。

ハイハイの格好から座る格好には変えられたから、その格好をしたまま、腕をブンブン振ってみたら、ちょっとずつ向きが変わっていきました。あと少し、あと少し。よし!!

僕がそうやって振り向くと、そこにはとってもと〜っても大きなドラゴンさんがいました。

顔だけで僕が何人分だろう？　黒いモヤモヤに包まれていて、元がどんなドラゴンさんか分からないけど、とにかくとっても大きなドラゴンアンデッドが、ドンッ!!　と座っていました。

しかも僕達を包んだ変な結界が、どんどんドラゴンアンデッドの方に近づいて行っていたんだよ。

僕は慌てて、体を変な結界にくっ付けて反対側へ押します。

僕が結界にくっ付くと、ポッケ達も結界を押してくれました。

でも、変な結界はどんどんドラゴンアンデッドの方へ近づいて行っちゃいます。

どうしようかと思っていると、いきなり変な結界が止まりました。

ふぅ、よかった。どうして止まったかは分からないけど、今のうちに元の場所まで戻らなくちゃ。

僕達は休まないで結界を押し続けます。

でもスーがあっ!! って言いました。どうしたの？ 今はこの変な結界を押さないと。

そう思いながらスーを見ると下を見ていて、それを見た僕も下に目を向けます。

『ねぇ、見て！ アンデッド達の黒いモヤモヤが、ドラゴンアンデッドの方に流れて行ってるよ！』

流れる？ じっとよく見ます。

そうしたらスーの言った通り、黒いモヤモヤが煙みたいに、ふよふよ流れていて、その先には、あのドラゴンアンデッドがいました。

そしてモヤモヤはドラゴンアンデッドの周りをグルグル回っていたよ。

それを見てポッケが首をかしげます。

『なんでモヤモヤがドラゴンアンデッドの方に？』

『あっ、モヤモヤ止まったなの！』

ホミュちゃんの言う通り、今までどんどん流れていたモヤモヤが急に止まって、元のアンデッドの所に戻り始めました。

それと同時に、今までじっと下を向いて座っていたドラゴンアンデッドが、顔を上げて真っ直ぐに前を見ました。僕達もつられてそっちを見ます。

少しだけ残っていた木がユラユラ揺れたその時、木の後ろから白い塊がヒュッ!! と出てきました。そして叫ぶ声が聞こえます。

『ジョーディ!!』

「ジョーディ様!!」

『みんな無事か!!』

それは、グッシーと、グッシーに乗っているニッカ、それにミンクお兄ちゃんとフラワーピグさんでした。

「にょおぉぉぉぉぉぉ!!」

『グッシー!!』

『迎えに来てくれたなの!!』

『やっと来た!!』

『ミンクお兄さん!!』

『キキィィィッ!!』

僕達が喜んだその時、ドラゴンアンデッドが、大きな声で吠えたんだ。

あんまりの大きな声に、僕は耳を塞いで、みんなもポケットに潜ったり耳を塞いだりしたよ。子フェニーは完全に洋服の中に隠れました。

なんで今まで静かだったのに急に吠えるの? もう少しでグッシーの所に戻れるんだから、あと少しでいいから静かにしていてよ。

ドラゴンアンデッドはその後もう二回吠えて、やっと静かになりました。でも……

『アンデッド達が⁉』

グッシーが驚いた声を上げます。

今まで静かにしていたアンデッド達が、グッシー達を攻撃し始めたんだ。グッシーは一応反撃しているけど、攻撃してくるアンデッド達をなるべく避けながら、少しずつ僕達の方に。

ニッカやミンクお兄ちゃんは、グッシーが飛びやすいように、アンデッド達を攻撃して、グッシーに近づけないようにしてくれています。

でもアンデッドの数が多すぎるから、進んでは下がっての繰り返しになりました。

『くそっ！　邪魔な奴らめ。ここは一気に進んでしまおう！』

グッシーが少し後ろに下がって、風の魔法を使いました。とっても強い風魔法で、一気にグッシー達の周りにいたアンデッドが吹き飛んだよ。

そしてついにグッシー達が僕達の所へ飛んで来てくれました。

『よかった、無事だったな。む、なんだ、この結界もどきは。こんな物初めて見たぞ。ミンク、お前は見たことがあるか？』

『いや、俺も初めて見た』

『チッ、気になるが、今はそれどころではないな』

この変な結界みたいな物は、結界じゃなかったみたいです。グッシーがくちばしで、偽物の結界を思いっきり突くと、パチンッ‼　って偽物の結界が破れました。

僕達はそのまま下に落ちていきます。

そんな僕達をグッシーが咥えて、背中の方へ飛ばすと、グッシーの背中に乗っていたニッカが上手にキャッチしてくれたよ。

『よし、ここから逃げるぞ!!』

グッシーは来た方へ戻り始めます。

でもさっきグッシーの風魔法で飛ばされたアンデッドも、他のアンデッドも、また僕達の周りに集まってきて、攻撃してきました。

『邪魔だ!! それになぜあいつは攻撃をしてこない!? 何かがおかしい!!』

チラッとドラゴンアンデッドを見たグッシー。

そういえば叫んだ後は何もしてこないね。ただ叫んだだけ？

そんなことを考えているうちに、グッシーが来た木の所まで、あと少しまで来ました。

でもその時、ドラゴンアンデッドが、また大きな声で吠えたんです。

『ぐあっ!?』

次の瞬間、グッシーの右の翼に、誰かの魔法が当たって、翼に大きな穴が空いちゃったんだ。

グッシーは急降下し始めちゃいました。

でもすぐに羽を思いきり動かして、少しだけ元の高さに戻ると、スピードを上げてアンデッド達から、少し離れることに成功しました。

と、また急降下して、いつもみたいなふんわりした着地じゃなくて、ドシャッ!! と地面に落ちちゃいました。その弾みで、みんながグッシーから転がり落ちます。

僕は転がってちょっと体が痛かったけど、すぐに高速ハイハイでグッシーの所に向かいます。

グッシーの右の翼の真ん中に大きな穴が開いていて、その部分から、煙が出て、かなりの血が流れていました。

『ちー!!』

「ジョーディ様、下がっていて!!」

ニッカが僕をグッシーから遠ざけます。そんなニッカにグッシーが言いました。

『お前が守るべきは我ではなくジョーディだろう……』

「そんなことを言っている場合か！」

本当だよ。今はグッシーのことだよ！

『ミンク……見てくれ。グッ！』

『……この傷は呪いも受けてる』

『そうか……ミンク、ジョーディ達を連れて先に行け』

僕はニッカからなんとか離れて、グッシーの顔にくっ付きます。

今なんて言ったの？　先に行けって言った？　そんなこと絶対にしないよ。なんでそんなこと言うの！　僕がグッシーを置いて行くわけないでしょう!!

『我はどうにか隠れ、呪いを祓い、怪我を治したらお前達を追いかける。今の状態ではジョーディ達を守ることができんからな。いいか……』

グッシーはニッカに、僕を自分から剥がすように言っていました。それから、ミンクお兄ちゃんが背負っていたフラワーピグさんも降ろさせました。

そして、ミンクお兄ちゃんだけに何か話したみたいです。

『いいか。我はどうなるか分からん。もしかすると、ということもある。ジョーディを連れて、できるだけ遠くに逃げてくれ』

『お前に何かあれば、ジョーディは』

『我とてそう簡単に死ぬとは思っていない。……ジョーディを頼む』

『分かった』

すぐに話は終わって、ミンクお兄ちゃんが僕達に、背中に乗るように言いました。ニッカも乗れって。僕はグッシーの側にいたかったけど、すぐにニッカに抱っこされちゃって、ミンクお兄ちゃんの背中に。

『ミンク、頼むぞ！』

『お前も早く追いついてこい！』

「ちー!!」

僕がグッシーの名前を呼んだ瞬間、ミンクお兄ちゃんが走り始めました。

「ちー！　ちー！」

「ジョーディ様、落ち着いてください！」

ニッカが僕をもっとギュッて抱きしめます。

ダメだよ！　グッシー置いて行っちゃダメ。僕、グッシーと一緒にいるよ。あっ、そうだ！　怪我を治すのにも呪いを消すのも、魔力がいっぱい必要なら、僕の魔力を使えばいいよ!!

「ちー、にょ、れりゅのよぉ!!」

『ダメだよジョーディ。グッシーは行けって言ったでしょう！』

「ポッケ、ジョーディ様はなんて言ったんだ！」

『グッシーに自分の魔力をあげるって』

『ジョーディ、ダメだ。ポッケの言う通り、あそこに皆でいれば、グッシーの邪魔になってしまう。俺達は少しでもここから離れることが大切なんだ』

ミンクお兄ちゃんはそう言って走り続けます。

だってグッシー、あんなに苦しそうな顔していたんだよ。グッシー今頃、あそこで倒れちゃっているかも。それでアンデッドが攻撃してきていたら？

ニッカが僕の頭を少しだけ撫でて、すぐに手を戻します。

「泣くな、大丈夫だ。グッシーは強いんだ。それにこういう時どうしたらいいか、一番長生きのグッシーが、何も考えずにいるわけがない」

僕、いつの間にか泣いちゃっていました。グッシーを置いてきちゃった。せっかく僕達のこと迎えに来てくれたのに。怪我しているのに、呪いを受けちゃったのに。

泣いている僕を乗せたまま、ミンクお兄ちゃんはどんどん走って行きます。

でも突然止まって、周りをキョロキョロして、地面を見ながら呟きました。

『まずい……』

＊＊＊＊＊＊＊

ミンクが走り出すのと同時にジョーディの、我――グッシーの名を呼ぶ声が聞こえ、そしてすぐに姿が見えなくなった。我もすぐに移動しなければ。なるべく奴らから姿を隠せる場所で、結界を張れば、どうにかなるかもしれん。

我はそっと歩き始めた。歩く度、かなりの痛みが襲ってくるが、我慢して進まねば。

気配から、かなり近くまでアンデッドが迫っているのが分かる。

そうして歩いているうちに、隠れるのにちょうどいいほら穴を見つけることができた。

我はそこへ隠れ、結界を張ると、そこにドカッと倒れ込むように伏せをした。

痕跡《こんせき》を残さぬよう進んできたから、簡単には見つからないはずだ。

さてどうするか？　周りを警戒しながら魔力を溜め、呪いを祓い、怪我を治すか、または無防備になってしまうが、一気に魔力を溜め、ほんの少しだが眠りにつき、その睡眠で回復するか。この方が何倍も早く治療することができる。

しかし寝ている間に襲われてしまえば、もう二度と、ジョーディの元へ行くことは……それだけはなんとしても避けたい。せっかく出会えた素晴らしい主なのだから。

我はジョーディの姿を思い出す。我の背に乗り、喜んでいるジョーディの姿を。そして皆と楽しく遊んでいるジョーディの姿を……

よし!! 危険だが、早くすべてを治してしまおう!

我が一気に魔力を溜め始めると、同時に眠気が襲ってきた。

全ての治療が完了すれば、それと同時に目覚めるようになっている。

起きた時には完全な姿で、ジョーディ達を追うことができるだろう。

ジョーディ、待っていてくれ。必ずお前の元へ行く。だからそれまでどうか無事に遠くまで逃げてくれ。

さらに眠気が増し、我はそっと目を閉じる。こうして我は短い眠りについた。

＊＊＊＊＊＊＊

地面を見ていたミンクお兄ちゃんが、思いっきり飛び跳ねました。

それと同時に土が盛り上がって、地面から何かが飛び出してきます。

僕が頭だけ動かしてそれを見ると、地面から出てきたのは、二匹のヘビさんアンデッドでした。

二匹とも同じ色、同じ大きさで、さっきまで僕が引っかかっていたヘビさんアンデッドにそっくり。もしかしたらどっちかが、さっきのヘビさんアンデッドかも。

そして二匹のヘビさんアンデッド達は、僕達の行く道を、その大きな体で塞いじゃったんだ。

『仕方がない、奴らの頭の上を飛び越える。別の道へそれているうちに、他のアンデッドに追いつかれるかもしれない。ここは無理をしても、頭の上を飛び越えた方がいいだろう』

「分かった！」

ニッカがそう言うと、ミンクお兄ちゃんは頷いて走る準備をします。

『いいか、しっかり掴まっているんだぞ。落ちるなよ!!』

ミンクお兄ちゃんがさっきみたいに、攻撃を避けながらどんどん前に進み、僕は落ちないように一生懸命ミンクお兄ちゃんに掴まります。

ミンクお兄ちゃん、凄かったよ。

一回も止まらないで、ヘビさんアンデッドのすぐ前まで行って、『飛ぶぞ』って声と共に、ヘビさんアンデッドの頭の上を飛び越えたんだ。その後、近くの木を蹴って、綺麗にヘビさんアンデッドの向こう側の地面に着地したの。

ヘビさんアンデッド達は、ミンクお兄ちゃんが着地したと同時に、振り返って攻撃してきました。

でも、ミンクお兄ちゃんは猛スピードで走り始めます。

少しして、子フェニーが僕の洋服の中で動きました。僕の洋服の中に、完全に隠れようとしたんだ。

その時ミンクお兄ちゃんが大きな木を避けようとして、横に曲がりました。

僕ね、忘れていたんだよ。さっきスーと子フェニーが、ヘビさんアンデッドから僕の洋服を切ってくれたことと、そのせいで洋服が緩んでいたことを。

それは一瞬のことでした。ミンクお兄ちゃんが曲がった拍子に、子フェニーが緩んだ洋服から飛び出ちゃったの。

僕は慌てて、掴まっていたミンクお兄ちゃんから手を放しちゃって、そんな僕を、慌てたニッカが支え直そうとしてバランスを崩して……みんながミンクお兄ちゃんから落ちちゃいました。

僕達はズシャッと地面に転がります。ミンクお兄ちゃんは急に止まれなくて、ちょっと向こうで止まりました。

『イタタタ』

『痛いなのぉ』

『翼、擦《こす》っちゃった』

『に、荷物は？』

『キキィ……』

はずみでポケットから出ちゃったみんなのそんな声が聞こえて、僕が顔を上げると、子フェニーが僕から一番遠い場所に転がっていました。

今行くってミンクお兄ちゃんの声がしたよ。

「ぐっ」

でもニッカの苦しそうな声が聞こえたから、僕はハイハイの格好になってニッカを見ます。

ニッカは足を引きずっていて、やっと立っているって感じでした。

ニッカはミンクお兄ちゃんから落ちた時、足をひねっちゃったみたい。もしかしたら、骨が折れちゃっているかも。だってニッカ、とっても苦しそうな顔をしているんだもん。早くミンクお兄ちゃんに乗せてもらわなくちゃ。

『キキィ？』

『ジョーディ!!』

その時、子フェニーとポッケの声が聞こえて、ミンクお兄ちゃんが何か叫んでいました。

ニッカの顔が苦しい顔から、凄くおっかない顔に変わります。

僕がポッケ達の方を見ると、そこには木の間から、ポッケ達と子フェニーを見つめているヘビさんアンデッド達がいました。

子フェニーのすぐ目の前に、ヘビさんアンデッドが迫ります。

ヘビさんアンデッドが木の間から出てきて、その動きは速いのに、とっても遅く見えました。

僕は高速ハイハイで進んで、子フェニーと僕の間にいたポッケ達の所へ向かいます。

それでササササッとみんなを集めて、ちょっと無理やりになっちゃったけど、ポッケ達をポケットの中に押し込みます。

そしてそのままの勢いで、次は子フェニーの所へ。チラッとポッケ達を見たら、無理やり押し込んだからか、ポケットからポッケとスーのお尻が出てました。ごめんね、後で直してあげるから。

「にー!!　ちぇ!!」

今のは、子フェニー来て!!　って言ったんだよ。

そうしたら固まっていた子フェニーの体がビクッとなって、僕の方を振り向きました。

僕の言葉が分からない子フェニー、でも雰囲気は伝わったみたいで、急いで僕の方へ向かって走り始めました。

子フェニーが走り出したとたん、子フェニーがいた所にヘビさんアンデッドの攻撃が当たったよ。

すると地面が黒くなって、土が溶けたみたいにドロドロになったんだ。

ふぅ、危なかった。一瞬遅かったら、子フェニーが大変なことになっていたよ。

でも、まだまだ危険は続きます。逃げる子フェニーに向かって、次々に攻撃をしてくるヘビさんアンデッド。僕とホミュちゃんが、早く早くって子フェニーに言います。

子フェニーがなんとか僕の所に到着しました。

でも……僕達の目の前には今にも攻撃を仕掛けてきそうな二匹のヘビさんアンデッドが。ヘビさんアンデッドの速さに僕達が敵《かな》うわけもなくて、追いつかれちゃったんだよ。

片方のヘビさんアンデッドが、黒いモヤモヤしている物を、顔の前に溜め始めるのが見えました。

僕は子フェニーの後ろに回ると、覆いかぶさるように子フェニーを抱きしめました。

次の瞬間、僕は黒いモヤモヤに覆われちゃったんだ。

どのくらい経ったのか、そんなに時間は経っていないはずだけど、僕はそっと目を開けます。

僕の周りには、黒いモヤモヤが漂っていて、それからさっきの偽物の結界がまた僕達を包んで、空中に少しだけ浮かんでいました。

それに、僕、ちょっと眠たいの。体もなんか動かしにくいし。でも他にも確認しないと。

僕はなんとか動いてヘビさんアンデッドを見ます。そうしたらヘビさんアンデッドは止まっていました。

なんで？　でも、うん。今のうち。

今度はポッケ達を確認します。よかった、みんなちゃんといたよ。子フェニーは僕の首に巻き付いているし。

ん？　あれ？　みんなどうしたの？　そんなにビックリした顔をして。

『ジョーディ、大丈夫？』

『お顔も体も、黒なのぉ』

モヤモヤ？　黒？　僕は自分の体を見ます。確かにみんなに言われた通り、僕の体に黒いモヤモヤがまとわり付いていて、そのせいで肌が黒くなっているような？

でも大丈夫だよ。確かにモヤモヤで、体も動かしにくいし眠いけど、そんなこと言っていられない。早くこの偽物の結界から出て逃げないとね。

僕は確かにみんなにそう言いました。でも……

『ジョーディ、なんて言ってるの？　お話しできないの⁉』

『お口、パクパクなの！』

お話ししてない？　僕ちゃんとお話ししているよ？

『ジョーディ！　しっかりして‼』

スーがそう言った時、僕達の所にニッカとミンクお兄ちゃんが来てくれました。

ニッカ、足は大丈夫？

「まさか、これは？」

『まずいぞ、呪いを貰った。それにこの感じ。普通の呪いではないようだ。花のおかげで、なんとか保っているが』

なになに？　呪いがどうしたの？　僕が聞いているのに、誰も僕の聞いたことに答えてくれません。それどころか、またヘビさんアンデッドが動き始めました。

「ぐっ!?　ジョーディ!!」

『くそっ!!』

偽物の結界を破ろうとしてくれたニッカとミンクお兄ちゃんに、ヘビさんアンデッド達が同時に、土攻撃とたぶん呪い攻撃をしました。

二人には呪い攻撃は避けたけど、土攻撃に当たっちゃいました。

二人は飛ばされるように転がって、ミンクお兄ちゃんに背負われているフラワーピグさんも一緒に転がります。

「にー……」

その後静かに、僕達に近づいてくるヘビさんアンデッド達。

一匹が、僕達が入っている偽物の結界を鼻で押して、もう一匹の頭の方へ。もう一匹のヘビさんアンデッドは、自分の頭の上に僕達を乗せると、自分達が来た方へと進み始めました。

せっかくグッシーが怪我をしながら守って、逃がしてくれたのに。ニッカもミンクお兄ちゃんも、守ってくれていっぱい走ってくれたのに。ごめんね。僕、また捕まっちゃったよ。

「ジョーディ様!!」

『くそっ、俺も足をやられた！』

ニッカとミンクお兄ちゃんのそんな声が聞こえたけど、僕はすぐに木の間に入って、ニッカ達が見えなくなっちゃいました。

ポッケ達がポケットから出てきて、僕に大丈夫？　って聞いてきたよ。

僕は大丈夫って言って笑います。ちゃんと言えているかは分からないけど。それに今は逃げる方法を考えなくちゃ。

僕がそんなことを思っていたら、ポッケ達が話し始めて、偽物の結界を押そうって、ささっと決めました。

だから僕は横になっていたけど、お座りの姿勢になろうとします。

でも、みんなが僕を止めてきて、それから怒られちゃったよ。

『そんなに眠そうで、どうやって押すつもり？　今のままじゃジョーディがお邪魔さんだよ！』

『そうだよ。いつもみたいに動けないでしょう？　ジョーディが元気になるまでみんなで、交代で偽物の結界を動かすよ』

『ジョーディは寝てるなの!!』

う〜ん、僕は一緒に頑張りたいけど、でもみんなの邪魔をするのはダメだよね。それにみんなの言った通りゆっくりしたら、僕の体、元に戻るかも。今は静かにしてようかな？

僕が動くのをやめたら、みんながうんうん頷きました。

『みんな頑張るなの!!』

『じゃあ、最初は……』

そうして偽物の結界を押し始めたポッケ達。

どのくらい経ったかな？　ポッケがあっ！　って言いました。

今まで少しも動かなかった偽物の結界が、ほんのちょびっとだけ動いたみたい。

『凄いなの!!』

『僕達も!!』

休憩していたポッケ達がすぐに戻って、みんなで偽物の結界を押し始めました。僕は声を出さないでみんなのことを応援します。でも……

僕達はあの場所に戻ってきちゃったんだ。そう、ドラゴンアンデッドがいる場所に。

『なに、これ……』

『さっきまでと全然違う……』

ポッケとスーがそう言いながら辺りを見回します。

今ここはとても静かで、もう黒いモヤモヤが体に付いていない、元の魔獣さんに戻ったって感じのアンデッド達が、みんな倒れていました。一匹も立っていません。

ヘビさんアンデッド達はその中をドラゴンアンデッドの方へ向かって進んでいき、そしてドラゴンアンデッドの目の前で止まります。

「ちー……」

僕はグッシーの名前を呼びました。

7章　ドラゴンアンデッドと僕、そして夢の中へ？

ジョーディ達の朝のほとんどは、我――グッシーの背に乗ることから始まる。

それはいつもの日常だ。朝、朝食が終わり、ジョーディ達が庭へと出てくる。最初にすることと言ったら、それはもう決まっているのだ。

この日もいつもの通り、ジョーディ達は我の背に乗った。

時々後ろを振り向けば、ニコニコのジョーディがいて、振り返った我に「ちー！」と名を呼んでくれ、首にギュッと抱き付いてくる。

そんなジョーディの姿を見てふと、魔獣園で初めてジョーディと出会った時のことを思い出した。

あの時はジョーディの姿を見た瞬間、我の主はジョーディだとすぐに確信したのだ。

その後色々とあったが、今我は無事にジョーディと契約し、共に暮らすことができている。本当にジョーディと出会えて我は幸せだ。

そんなことを考えていると、ジョーディが我の首をパシパシ叩いてきた。

「ちゃのぉ!!」

『もっと飛んでだって！』

ドラックがそう言ってきたので、我は頷く。

『分かった分かった』

我が高く飛び上がると、キャッキャッ！　と喜ぶジョーディ達。しかしそれはすぐだった。

「ちー……」

とてもとても小さな声で、ジョーディに呼ばれた気がして、我は後ろを振り返る。ジョーディはいつも通り、ニコニコと我を見ていてた。気のせいかと思い、我は前を向いた。

するとまたすぐに、「ちー……」とジョーディの声がするのだ。

またジョーディの方を振り向いた瞬間、今の今まで我の背に乗っていたジョーディ達が姿を消し、辺りは白い空間に包まれていた。

『ジョーディ!!』

ジョーディの名を呼び、慌てて空間の中を探す我の前に、白いモヤモヤとした物が現れていた。

その白いモヤモヤはだんだんと形を変えていき、最後には小さい人間の形になった。

そのモヤの塊は、どう見てもジョーディだった。

近づこうとしても全然前に進めず、さらに慌てる我に、静かに白いモヤのジョーディが口を開く。

「ちー、ちゅきよ。りゅのよぉ」

ジョーディはそう言って消えていった。

今のは……なぜかポッケ達に通訳してもらわなくとも分かった。『グッシー、大好き。待ってる』と。

一体何が起こっている？　どうしてジョーディはあんな姿に？　我は何をしているのだ？

瞬間、辺りが一気に眩しい光に包まれ、我は洞窟で張った自分の結界の中で目を覚ました。

周りを見渡し、自分が今置かれている状況を考える。少しして我は立ち上がると、翼を大きく広げた。完全に翼の怪我は治り、呪いも消えている。治療は成功したようだ。先ほどまで見ていたものは夢だった。

我は洞窟から出てジョーディ達の気配を探る。そして気配を感じた瞬間我は飛び立った。

最後に現れたジョーディ。ジョーディが我に助けを求めている。その気持ちが我に届いたか？

我はアンデッドドラゴンの元へと急ぐ。ジョーディ、どうか無事でいてくれ。必ず助ける！

＊＊＊＊＊＊＊

ドラゴンアンデッドの前で止まった僕達。

下を向いていた僕は、なんとか体を起こして、ドラゴンアンデッドの方を向いて座りました。

僕はドラゴンアンデッドを気にしながら、ポケットに入っていた花をポッケ達に渡します。

ドラゴンアンデッド、僕達が最初に見た時よりも、なんか強そうになっていました。あんまり開いてなかった目がパッチリ開いていて、ギラギラって感じの目になってます。

前の時はまだところどころ体の黒色は薄かったけど、今は完全に真っ黒のモヤモヤです。

時々しっぽを動かすと、その度に黒いモヤモヤモヤが飛んで、それが地面や岩にぶつかると、爆発したり、溶けちゃったりしています。

『ダメだよ‼　この花は、しっかりジョーディが持ってないと‼』

『僕達は近くにいるだけで大丈夫なんだから』

『ジョーディが持ってないとダメなのぉ‼』

ポッケ達はすぐに、僕に花を返してこようとしました。

でも、僕はこれからどうなっちゃうか分からないんだ。今、だんだん眠たくなってきています。

もし、僕が寝ちゃった時に何かあったら？　みんなにお花を渡せなくなっちゃうもん。

僕はカバンの中を探ります。

カバンの中に入っていた花は、子フェニーに渡します。

子フェニーは最初口で花を咥えました。だけどポッケ達を見て、子フェニーもお花を僕に戻そうとしてきたよ。

でも僕は誰のお花も受け取らないで、そのまま寝ころんって寝転がりました。

『みんな、ジョーディから離れないで‼　みんなでジョーディを守ろう‼』

『うん、もちろん‼　少しでもジョーディのために花を使わなくちゃ。呪いがこれ以上、早く進んじゃわないようにね！』

『ホミュちゃん、ジョーディ守るなのぉ‼』

『僕もです‼』

『キキィッ‼』

みんなが僕の周りに集まって、カバンを確認します。

『この隙間があれば、子フェニーは小さいから入れるんじゃない？　サウキーのぬいぐるみとで、ちょっとギュウギュウだけど。ジョーディの首に巻き付いているよりも、カバンの中の方が、二人共楽だと思うんだ。ちょっと入ってみて』

ポッケがそう言った後、最初にホミュちゃんがカバンに入ったのが見えました。ホミュちゃんが見本を見せたみたいです。

カバンからホミュちゃんが出てくると、ポッケが子フェニーに入ってみろって、カバンを指さしました。

子フェニーにはちゃんと伝わったみたいで、すぐにカバンに入ります。しっぽまで全部入れたから、カバンはぱんぱんになったよ。

子フェニーがカバンに入ったのを確認すると、ポッケ達はポケットに入りました。

『みんな周りに注意して。変わったことがあったら、すぐにみんなに知らせて!!』

『僕はあっち見てるよ！』

『ホミュちゃんはこっちなの!!』

みんながそれぞれ見る方向を決めて、僕は寝たまま下を見ます。そうしたらいつの間にか、ヘビさんアンデッドのモヤモヤが、ドラゴンアンデッドの方に流れて行っていました。

『向こうから、アンデッドが来たなの!!』

『本当だ。あっ、あっちからも！』

僕からは見えなかったんだけど、アンデッドが何匹かここに来たみたいです。

そうしたら少しして、そのアンデッド達に変化が起きました。

ポッケが寝ている僕に、今何が起きているか教えてくれます。

さっきまでここにいた他のアンデッド達――今は倒れちゃっているけど――そのアンデッド達みたいに、今来たアンデッド達も止まって、みんなドラゴンアンデッドを見たんだって。

そのアンデッド達の黒いモヤモヤもさっきと一緒で、ドラゴンアンデッドの方に流れて行きました。

最後には全部のモヤモヤが、ドラゴンアンデッドの方へ行ったみたいです。

そしてモヤモヤがなくなって、元の姿？　に戻ったアンデッド達全員が倒れちゃったんだって。

『多分、あの魔獣達、もう死んじゃってるよ。他の魔獣達と一緒で』

僕もそうかなと思います。だって僕達がここに来てから、倒れていたアンデッド達は、誰も動いてなかったから。ちょっとも動かなかったんだよ。息をしていたら少しは体が動くでしょう。それもないんです。

ポッケ達の話を聞いているうちに、片方のヘビさんアンデッドの黒いモヤモヤが完全に消えて、ヘビさんアンデッドがドサァァァッ!!　と倒れました。

その音にポッケ達も下を見ます。

倒れたヘビさんアンデッドは、他のアンデッド達と一緒で全然動いていません。

黒いモヤモヤが消えたヘビさんアンデッドは、ツルツルとした茶色の体をしていたよ。

僕、こんなに綺麗なヘビさん魔獣だとは思いませんでした。こんなに綺麗だったのに、あんな怖い姿になっていたんだね。

そういえば他の魔獣さん達も、黒いモヤモヤが消えて、元の姿になっていて、みんなカッコいい姿をしていたり、色が綺麗だったりしています。

それからアンデッドの時は怖い顔していたのに、今はとっても優しい顔している魔獣もいるね。

それから少しして、もう一匹のヘビさんアンデッドも元の姿に戻って、ドサァァァッ!! と倒れました。今度のヘビさん魔獣は、キラキラで黄色の綺麗な体だったよ。

そしてヘビさん魔獣達が倒れてすぐでした。急に周りが暗くなったんだ。

僕は少し顔を上げます。

そうしたら、背中を少し丸めていたドラゴンアンデッドが、ピシッと背筋を伸ばして座っていました。それで周りが暗くなったみたい。

そして、ドラゴンアンデッドは立ち上がると、大きな足音を立てながら僕達の所へやってきます。

そのまま僕達の前にドッシィィインッ!! と座って、僕達をじっと見つめてきました。

ポッケ達がドラゴンアンデッドに向かって攻撃の真似をしたり、あっちに行けって叫んだりします。

みんなが僕に近寄るなって、僕を守ってくれます。でも……

『わわ!? 何!?』

『離れちゃうなの!!』

『ジョーディ!!』

僕達は何もしてないのに、ポッケ達は勝手に僕のポケットから出ちゃって、カバンも僕の首から外れちゃったんだ。それでポッケ達は一人ずつ、偽物結界に包まれたよ。僕はみんなと別々になっちゃいました。

ドラゴンアンデッドは少しの間ポッケ達を見た後、ポッケ達の偽物結界をヒョイって、ちょっと横に移動させて、僕を自分の胸の前に移動させます。

お花が全部ポッケ達の方にあるからかな？　僕の周りの黒いモヤモヤはもっと濃く、それから僕も肌の色も黒い感じになって、眠気ももっと強くなってきます。

そのうち黒いモヤモヤが完全に僕を包みました。

最後に見えたのは、ドラゴンアンデッドの鋭く赤く光る目。

何も見えなくなると、ポッケ達の声も、ドラゴンアンデッドの唸《うな》る声も、完全に聞こえなくなったよ。

僕の目がだんだん閉じていきます。今までで一番眠くなって、もう目を開けていられなくなったの。

それからすぐにまた変化がありました。今までも体に力が入らなかったけど、完全に力が抜けちゃって、少しも体を動かすこともできなくなりました。

でも、まだ考えることはできるから、僕はパパ達、ポッケ達、グッシーのことを考えます。

うんとね、なんとなく分かるんだ。僕はもう起きられないって。でももし起きることができて、それで全部が解決したら……

またみんなでじぃじのお家に遊びに行きたいな。それからピクニックもいいよね。この世界にピクニックがあるか分からないけど。

『……ディ』

後は旅行なんてどうかな？　知らない場所にみんなで旅行に行くの。楽しいだろうなぁ。

『……ディ!!』

う〜ん、誰？　僕のことを呼んでいるの。僕、今眠いの。それにちょっと怖くて、楽しいことだけ考えたいから、誰も邪魔しないで。

『……ディ!!』

もう!!　僕は、聞こえてくる声をよく聞きます。あれ？　この声……

『ジョーディ!!』

『グッシー!!　ジョーディはあの偽物結界の中だよ!!　あっ、今割れた!!　黒いモヤモヤが流れ始めたよ!!』

あっ!!　グッシーの声だ!!　なんですぐに気が付かなかったんだろう？

僕がそう思っていると、またグッシーの僕を呼ぶ大きな声が聞こえます。

『ジョーディ!!』

僕はその瞬間目を開けました。あれ？　僕どうしたっけ？　そうだ、モヤモヤに完璧に包まれて、それでとっても眠たくて寝ようとしたんだっけ？

でも今の僕の周りは、真っ暗じゃありませんでした。周りを黒いモヤモヤがくるくる回って、僕の後ろの方に流れて行っていて、あの偽物結界が消えていたんだ。そのおかげで周りが見えるようになってます。そしてちょっと遠くの方には……

「ちー！」

なんとグッシーがいました。偽物じゃないよね？　本物のグッシーだよね？　グッシー、怪我は大丈夫？　呪いは？　う～ん、ここからだときちんと見えないや。すぐにグッシーの近くに行って確認したいのになんでだろう、体が動かせないし。

ん？　その時気が付きました。僕、浮かんでいる？　あの偽物の結界がないのに？　僕はなんとか周りを見ようとします。でもやっぱり体は動きません。

でも、それからすぐでした。ゆっくりと回転するように、勝手に僕の体が動き始めたんだ。

だんだんとグッシーの姿が見えなくなります。

そのうち最初の向きから、横を向いた形になったけど、まだまだ体は止まりません。

そして後ろが見えるくらい、体が回った時でした。

あっ、この色、形!!　いないと思っていたドラゴンアンデッド、僕の後ろにいたんだ。

僕が最後に見た時のまま、真っ黒いドラゴンアンデッドが、相変わらずズンッ!!　と座っていました。それに僕の周りのモヤモヤは、ドラゴンアンデッドの方へ流れていたよ。後ろで僕を呼ぶグッシーの声と、みんなの声が聞こえます。

『ジョーディ!!　すぐに助ける!!』

『ジョーディ、頑張って!!』

『グッシーが今行くよ!!』

『もうすぐなの!!』

でも、黒いモヤモヤが流れて行くにつれて、僕はだんだん苦しくなってきちゃいました。

それに僕が具合が悪くなってきたら、ドラゴンアンデッドは元気になっているような？

黒い炎を吐いたり、黒いボールみたいな物を飛ばしたりしています。僕は振り向けないから、ちゃんとは分からないけど、グッシーを攻撃しているみたい。

『グッシー避けて!!』

『右に避けて!!』

『今度は左!!』

『今のうちに早く進んで!!』

ポッケ達がグッシーを応援しています。

『分かってる！　お前達こそで静かに待っていろ!!』

グッシーはそう叫んでいました。

そのグッシーの声が、どんどん僕に近づいてきているのが分かります。

もう少し。もう少しで来てくれる。僕は体の具合が悪かったけど、でも気持ちは元気になっていきました。

『ジョーディ!!　もうすぐだ!!　頑張れ!!』

ほら、グッシーもそう言っているよ。

もう少し、もう少し。そう思った瞬間でした。いきなり目の前が真っ暗になりました。それから周りの音が全然聞こえなくなったんだ。

グッシー!? みんなどこ!? 僕はここにいるよ! 早く来て!!

＊＊＊＊＊＊＊＊

我——グッシーは、ジョーディ達の所へ向かっている最中に、他の者達の気配を確認した。最初に確認したのはニッカとミンク達だ。同じ方向へ向かっているようだが、どうもその動きが遅い。もしかすると怪我をしているか、呪いを受けているのかもしれん。それか先ほどまでの我と同じで、その両方の可能性もある。

本当なら様子を見に行ってやりたいが、今はジョーディが先だ。

次に確認した気配はジル達だ。ジル達も、ジョーディ達の方へと向かってきていた。

おそらくだが、向こうの避難の目処《めど》がついたのと、こちらの様子がまずいと気付き、応援に来てくれているのだろう。

ジル達が来てくれるのならば、ジョーディ達を救い出し、逃げることができるはずだ。

また、ドラゴンアンデッドの様子によっては、もしかしたら倒せるかもしれん。

そう考えていた我を待ち受けていたのは、予想していたよりもまずい状況だった。

ジョーディは完全に呪われてしまっていて、意識もなく、もう少しで命が奪《うば》われてしまうところだった。

そしてそんな状態で、ジョーディの真後ろには、我が今までに見たことがないほどに凶悪《きょうあく》になったドラゴンアンデッドが、どっしりと構えていた。

ジョーディの横、少し向こうには、変な物に包まれて浮かんでいるポッケ達の姿もある。

ポッケ達は怪我もせず呪いも受けていないようでよかった。

ドラゴンアンデッドの攻撃を避けながら、ジョーディの元へ向かう。

その間にジョーディの意識を取り戻させようと、我はジョーディの名前を呼び続けた。そして何回目かで、ジョーディを起こすことに成功した。

だが、ドラゴンアンデッドの攻撃のせいで、そこから近づくのがさらに難しくなった。

我は改めて周りを見回す。奴の色々混じり合った気配と、転がっているアンデッドの死骸《しがい》。

どうもドラゴンアンデッドは、全てのアンデッド達から力を奪い、自分の力にしたようだ。

そしてそのドラゴンアンデッドの次のターゲットは、ジョーディだったのだ。

ジョーディからドラゴンアンデッドに向かって、ジョーディの魔力が流れていることが分かった。

我は無理をしてでもジョーディの元へ行こうとする。

ジョーディの魔力を受けとったドラゴンアンデッドは、さらに力を増し、我が近づくのを邪魔してくる。しかも殺しに来るというよりも、遊んでいるといった感じだった。

その後も、なかなかジョーディに近づけず、我は苛立ちを募《つの》らせる。

そんな時、ジョーディの様子が変わった。今まではジョーディの意識を気配で感じていたのだが、急激にそれが失われ、魔力のほとんどを感じなくなってしまったのだ。

ジョーディの周りにあった黒いモヤとジョーディの力が、あと少しで消えようとしていた。あれが完全に消えてしまえばジョーディは……

早く、早くジョーディの元へ!! 我はジョーディを救うことができないのか!? 大切な我の主なのだぞ。出会うこと事態が奇跡に等しい、運命の主。

これからジョーディは色々なことを経験して、家族と幸せに過ごし、成長していくのだ。今ここで終わらせてはダメだ!!

我の周りの音が止まり、ポッケ達の声も、ドラゴンアンデッドの唸る声も、何も聞こえなくなった。

そして全ての動きがスローモーションのようになり、最後の力が、ジョーディの元から消えようとした。

『ジョーディ!』

そう叫んだ瞬間だった。全てが光に包まれ、何も見えなくなってしまったのだ。

それとほぼ同時に、後ろからはジルの声が聞こえたような気がした。

光はすぐに消え、我は急いでジョーディがいた場所を確認する。

するとジョーディがいた場所に姿はなく、ドラゴンアンデッドだけが相変わらず座っていた。

アンデッドの様子といえば、奴も何が起こったのか分かっていないようで、先ほどよりも唸り声を大きくし、辺りを見渡していた。

だが、少しして、我の頭の上の方を見て動きを止める。

慌てていた我は、ジョーディの気配を探さず、ただただ目でジョーディを探していた。奴が我の頭の上を見たことで、我も頭の上を見る。

そこにはジョーディを抱いている、女神セレナ様の姿があった。

セレナ様はジョーディからドラゴンアンデッドに目を移すと、すぐに奴に結界を張り、次の瞬間にはポッケ達の元へ向かった。そしてポッケ達をあの変な膜ごと抱えると私に合図をし、その場から離れ始めた。

我はそれに続き、ここへ到着していたジル達と共に、その場から離れることになった。

我らはどんどんドラゴンアンデッドから離れる。

すると、前の方にニッカとミンク達が見えた。すぐに合流すると、我の背に乗せそのまま進み続ける。

やはりニッカ達は足を怪我していた。だから進むのが遅かったのだ。フラワーピグはどこも怪我をしていないということで、それについては安心した。

どれだけドラゴンアンデッドから離れただろうか。セレナ様は急に止まると、その場に結界を張り、すぐにポッケ達を包んでいた膜を破って、ポッケ達を我の方へ渡した。

そしてジョーディを抱いたまま、その場に座った。

『大丈夫よジョーディ。すぐに助けるわ。遅くなってしまってごめんなさいね』

そう言ったセレナ様の体が光り出し、すぐにジョーディの体も光り出した。

『さぁ、戻っていらっしゃい。みんなあなたを待っているわよ』

みるみるうちに、ジョーディの肌の色が、元の健康な肌の色へと戻り、それと同時に魔力も回復してきた。そして……

＊＊＊＊＊＊＊

僕は気付いたら真っ暗な場所にいました。

なんにも見えなくて、段々と怖くなってきた僕は、パパ達を呼びました。でも誰も答えてくれなくて、怖くて寂しくて、涙がポロポロ出てきたよ。

どのくらい経ったかな？　涙は止まらないまま、少し眠くなってきた僕。

寝たらこの怖い真っ暗を見なくてもいいし、起きたらみんなが側にいてくれるかも。

そう思った僕は、少しだけ寝てみることにしました。

僕はゆっくり目を閉じようとします。

でもその時、誰かに呼ばれたような気がして、僕は周りを見回しました。誰って聞いてみたけど、さっきみたいに答えはありません。僕はしょんぼりして、もう一度寝ようとしたよ。

『ジョーディ』

すると、今度はハッキリ声が聞こえました。

僕はガバッと顔を上げます。そして僕の少し前には、薄くて綺麗な光が見えました。

誰？　僕ここにいるよ？　その光の中に誰かいるの？

『ジョーディ、私よ』

私？　声は聞いたことあるような？　う〜ん。声の人、僕にお話？

『ジィーディ、道を開いたわ。さぁ、帰りましょう』

帰る？　どこに？　僕ね、今から寝るの。起きたらパパ達がいてくれるはずなんだ。それで、いつもみたいに、みんなが僕のことギュッて抱きしめてくれて、一緒に遊んだり、お空を飛んでくれたりするんだ。だから後でいい？

『ジョーディ、今よ。今すぐそこから帰りましょう。そこにいたら二度と元へ戻れなくなってしまう。それにそこにいても、あなたが会いたい人達は、来てくれないわよ』

来てくれない？　本当？

『本当よ。だって彼らは今、私と一緒にあなたのことを待っているのだから』

声の人がそう言ったら、他にも声が聞こえてきました。

『ジョーディ!!　目を覚まして!!』

『早く起きてよ!!』

『ジョーディ、起きるなの!!』

『ジョーディ、起きるんだ!!』

あっ、ポッケ達の声だ。それにグッシーの声も。

でも、みんななんで僕に起きてって言っているの？　僕、起きているよ？　これから寝るところなのに。

僕がそう言ったら声の人が、今僕は寝ているって教えてくれました。ここは夢みたいな場所で、みんな、僕が起きるのを待ってくれているんだって。

『ジョーディ、外で待ってくれているグッシー達のために、とりあえず起きましょう。そうすればあなたはみんなに会えるし、この真っ暗な場所から出られるわ』

う～ん。大丈夫かな？　本当にみんなに会える？

『大丈夫、必ず会えるわ。光が見える？　その光に向かって真っ直ぐ歩いて。さぁ』

本当に会えるか分からないけど、この真っ暗な場所にいるよりも、明るい所にいた方がいいよね。それにこの声の人、どうしてかは分からないけど、信じていい気がするんだ。うん！　光の方へ行ってみよう!!

歩くとフラフラしちゃうから、僕はハイハイで光に向かって進み始めます。

光は明るいのに眩しくなくて、近くまで行ってもぜんぜん平気でした。

『いい？　中に入ったら止まらずにどんどん進むのよ。そして一番強い光が見えたら、その中に飛び込んで。そうしたらすぐにグッシー達に会うことができるわ。絶対に止まってはダメ。約束よ』

僕は光の中に入りました。そして言われた通り、止まらずにどんどん進みます。

少ししたら前の方に、眩しい場所が見えました。一番強い光ってアレだよね？

そう聞きたかったんだけど、光の中に入ってから、声が聞こえなくなっちゃったんだ。

でも僕は声の人のこと信じて、光の中に飛び込むことにしました。

「にょおぉぉぉ!?」

入った瞬間、目を開けていられないくらい、周りが眩しく光って、そして……


「ん、んにょおぉぉ」

僕は目を擦って、伸びをしながら目を開けました。それで僕、ビックリしちゃったよ。だって僕の周りに、みんながいっぱい集まっていたんだもん。

ポッケ達は僕のお腹の上に乗って、足元にはニッカとミンクお兄ちゃん、フラワーピグさんでしょう。あとは周りを囲むように、ジルや他の魔獣さん達がいっぱいいて、みんな心配そうに僕を見ていたんだ。

ポッケ達が泣きながら、ギュッと僕の洋服にしがみ付いてきました。

『ジョーディ、よかった!!　起きた!!』

『僕達のこと分かる？　起きたばっかりだから分からない？　それとも呪いのせいで分からなくなっちゃった!?』

『ホミュちゃん、ジョーディ起きなくて、とっても心配だったなの!!』

『キキィ!!』

なになに？　みんなどうしたの？

その時、横から僕を呼ぶ声がして、僕は声の方を向きます。

そこには、いつもみたいにカッコいいグッシーじゃなくて、ちょっとボロボロで、凄く汚れちゃっているグッシーがいました。

グッシーどうしちゃったの？　いつものカッコいいグッシーは？　そんなに汚れていたら、ママに怒られちゃうよ？　あれ？　僕はみんなを見渡して、それから一生懸命考えます。

あっ!!　僕は急いで起き上がりました。そのせいでポッケ達は転がることに。ごめんね。

僕が起き上がると誰かが支えててくれます。うん、支えてくれた人には後でありがとうしよう。

でも、今はグッシーだよ。僕はグッシーの体に抱きつきます。

僕、思い出しました。僕達、逃げているところだったよね。でもグッシーが逃してくれたのに、僕はまた捕まっちゃって。それでドラゴンアンデッドの前に行ったんだった。その後は……どうしたっけ？　ま、いっか！

「ちー!!」

『ジョーディ、起きてよかった』

僕はグッシーの体に顔をぐりぐりした後、グッシーから離れて翼を確認します。穴は完全に塞がっていて、血も出ていません。

次は呪い。僕が最後に見た時は、怪我した方の翼全体に黒いモヤモヤが付いていたけど……うん、それも全部消えています。

「ちー、ちゃの？　きよね？」

『ん？　なんだ？』

泣き止んだポッケ達が、僕の言葉をグッシーに伝えてくれたよ。

『グッシー、ちゃんと治った？　もう平気？　って聞いてるよ』

『ああ、そう言ったのか。もう完全に治っている。呪いも消したぞ』

よかったぁ、グッシー、無事だったよ。心配していたんだから。

『ジョーディ。我はジョーディの方が心配だったのだぞ？　ジョーディが起きてくれて、本当によかった』

そういえば、さっきからみんな、僕が起きてよかったって言っているけど、どうして？

「ジョーディ、間に合ってよかったわ」

と、今度は僕の後ろから、誰かが話しかけてきました。

僕はまたハッとして、後ろを振り返ります。だってこの声は……

僕が振り返るとそこには、女神様のセレナさんが座っていました。

支えてくれていたのはセレナさんだったよ。

僕はセレナさんに挨拶と、支えてくれてありがとうをします。

『こんにちは。ジョーディ、体はなんともない？　具合悪いところは？』

そう聞かれて、僕は手をブンブンしてみたり、足をピッピッてしてみたりします。それからちょっとだけ高速ハイハイをして、確認は終わりです。うん、どこもおかしくありません。

「ふふ、大丈夫そうね。ゆっくり話をするために、もう少し移動しましょう。奴が動き出しそうだわ」

なんでここにセレナさんがいるのかな？　それにジル達も。僕は首をひねります。

ここにいる理由を聞きたかったけど、セレナさんの言葉に、みんなが立ち上がって、僕達はグッシーに乗って、すぐに進み始めました。

進み始めてすぐに、僕は少し振り向いてニッカの足を見ます。それから後ろに乗っているミンクお兄ちゃんの足もね。

僕があんまりじっと足を見ていたから、ニッカがニコッて笑って、大丈夫って言ってきました。

「ジョーディ様、そんなに見なくても、怪我はしっかり治りました」

それを聞いた僕はもう少し首を伸ばして、ミンクお兄ちゃんにも聞いてみました。

そしたらミンクお兄ちゃんも大丈夫だって。ジルと一緒に来た魔獣さんに治してもらったみたいです。

「それからジョーディ様」

ニッカが僕の首に何かかけてきました。

それを見た瞬間、僕はガバッとそれを抱きしめて、中身を確認します。

ニッカから渡されたカバンの中にはサウキーのぬいぐるみ二つ、ニッカに貰ったボールが一個と、絵本一冊入っていました。

うんうん、完璧。あれ？　なんで僕カバンを持っていないんだろう？

「もう少し進みましょう。本当は今すぐジョーディ達を逃したいけれど。これからどうしてもジョーディの力が必要になるわ。だからとりあえずは、今安全な所まで下がりましょう」

セレナさんが進みながらそう言います。

進むにつれて、黒いモヤモヤはかなり薄くなってきて、空を見上げたら、今までで一番お空が見えるようになっていました。もう少し薄くなったら、グッシー達は自由に飛べるって。

でも、すぐに森からは出ないみたいです。

それからどれくらい進んだのか、着いたのは僕達が二回目に避難した場所でした。今はもう誰もいないけど、この辺りだと、ここが一番安全だってグッシーが言ってたよ。

みんながそれぞれセレナさんの周りに集まって座ります。

それから僕達は、一緒にいた魔獣さんが持っていた果物と、フラワーピグさんが魔法で出してくれた木の実を食べながら、セレナさんのお話を聞くことに。

そして話を聞いた僕は、色々なことを思い出しました。カバンのこともね。途中からのことが分からないのは、僕が気を失っていたからだったよ。

その気を失っている時の話を聞いて僕はビックリしました。僕、もう少しで消えちゃうところだったみたいです。

僕の魔力と生命力？　みたいなものを、全部ドラゴンアンデッドに取られそうになったんだって。アンデッド達の周りの黒いモヤモヤが、ドラゴンアンデッドの方に流れて行っていたでしょう？あれはやっぱりドラゴンアンデッドが、アンデッド達の力を吸い取っていたんだ。

僕も力を全部取られそうになった時、助けに来てくれたのが、セレナさんでした。

セレナさんは僕とポッケ達を助けてくれて、そのまままみんなでさっき僕が起きた場所へ避難して、そこで僕を回復してくれたの。

僕は助けてくれようとしたみんなに、ありがとうをしました。

「はぁ、それにしてもギリギリだったわ。無理やり来て正解だったわよ」

『そういえば、ここへ来てよかったのか？　ジョーディを助けてもらっておいてなんだが。確かジョーディの所へは当分来られないと言っていなかったか？』

あのね、僕も僕の家族みんな知らなかったんだけど、前にセレナさんが帰る時、グッシーとセレナさんは、二人だけでお話をしていたみたい。

セレナさん、僕の魂を間違えて地球に送っちゃった神様に、僕達に関わりすぎだって言われたんだって。

普通、人も魔獣も、女神様と関わることはほとんどないのに、僕もみんなも、たくさんセレナさんと一緒にいたでしょう？　それで怒られちゃったんだって。

だからセレナさんは、当分僕達に会いに来られないって、グッシーにだけにお話ししました。

グッシーにだけ伝えたのは、僕達にお話ししたら、絶対反対されて文句を言われちゃうって思ったからみたいです。

「今回来るのも、かなり揉めたのよ。自分だって今回は様子がおかしいって言っていたのに」

セレナさんはなんとか僕の所に来ようとしてくれて、神様に色々言ったんだけど、それでも神様は渋い顔をしたんだって。

でも、僕が危なくなって、セレナさんは神様とお話の最中だったけど、急いで僕の所へ駆け付けてくれたの。

『それは大丈夫なのか？』

「ジョーディが消えることの方が問題よ。何か罰《ばつ》を受けるとしても、それは覚悟してるわ」

罰⁉　今罰って言った⁉　僕は慌ててセレナさんへ口を開きます。

「めよねぇ。ねぇ、ちゃよ‼」

「え？　ジョーディ、なんて言ったの？　はぁ、これぱっかりは、ジョーディのことが大好きな私でも分からないのよね」

『今のは、罰はダメ。ジョーディが自分で、神様に言ってあげるよだって』

ポッケが僕の言葉を伝えてくれたから、僕はセレナさんにもう一度声をかけます。

「ねぇ、れちゃのよ！　しゃま、めよ！」

『僕を助けてくれたのに！　神様、怒るのはダメ、だって』

「ふふ、怒ってくれるの？　ありがとう。でも大丈夫よ、心配しないで」

セレナさんがニッコリしながら、僕の頭を撫でます。

本当？　本当に大丈夫？　せっかく僕を助けに来てくれたのに、罰なんて絶対にダメだよ。もし、本当に罰になっちゃうなら、神様をここに連れてきてよ。僕が神様を止めるからね！

フンッって僕が鼻を鳴らして胸を張ったら、セレナさんが笑いました。

グッシー達は、ちょっと困った顔をして笑っています。

ポッケ達も一緒に怒ってくれるって。

みんな、ちゃんとセレナさんのこと守ろうね！

8章　僕の『らちゅ』と最後の作戦

「さぁ、私の話はここまで、これからのことを話し合いましょう」

そのまますぐに、セレナさんはドラゴンアンデッドの話を始めました。

ドラゴンアンデッドさんはもう十分力を溜めていてどこへでも飛んでいけるんだ。

でも、それをしないのは、僕の力を奪おうとしているからなんだって。

しかも自分の力の方が上だって、遊び感覚で、僕達を追っているみたい。

ポッケが、『けっ』て言って、それからスーが、『性格悪いね』って口にしてました。ホミュちゃんは、『下衆《げす》だな、なのぉ!!』なんて言ってました。

どうしてそんな言葉を知っているの？　って僕が聞いたら、アドニスさんがよく言っているって答えが帰ってきたよ。

ホミュちゃん、そんなの真似しないで。ホミュちゃんには似合わないよ。

グッシーもホミュちゃんに、そんな言葉遣いするなって注意しました。

ドラゴンアンデッドと森の状況に話を戻すと、本当はこれだけ周りの呪いが薄まっていれば、このままみんなで逃げた方がいいんだ。

でも、それだとアンデッド問題は解決しません。

じゃあドラゴンアンデッドを倒すにはどうするか。

それには僕の力が必要なんだって。僕の力を、みんなに貸してあげるみたい。

『すぐそんなことをして大丈夫なのか？　今、目覚めたばかりだぞ』

グッシーがそう聞くと、セレナさんが気まずそうな顔をしながら答えます。

「大丈夫よ。私の力で完全に回復してるから。完全にというかそれ以上かも。……あなたなら分かるでしょう？」

『ああ。やはりこれは回復した影響だったか』

ん？　どうしたの？

『ジョーディ。セレナ様はジョーディの魔力を回復しすぎたんだ』

グッシーには今の僕の魔力は、壊れた噴水みたいに見えるんだって。

それからその溢れている魔力が、僕の周りだけじゃなくて、どんどん地面に沿って流れて、周りにいるジル達の所まで流れているみたいです。え？　そんなに？

「私も慌てていたのよ、助けないと、って。それでちょっと思いきりね」

セレナさんは慌てていたから魔力の量を間違えて、それで魔力が僕から溢れる状態になっちゃったんだ。

でも、別に魔力が溢れていても、具合が悪くなったり、何か変なことになったりしないでしょう？　だったら溢れていてもいいよね？

僕がそう思っていると、グッシーが首を振りながら言います。

『このまま溢れ続けて、ドラゴンアンデッドの方にまで流れたら。奴にまで力を与えることになるからな』

わわ!?　それはダメだよ!!　しかもね、セレナさんと僕の魔力が混ざっているから、いつもより僕の魔力は強くなっているんだって。

「だからこれから、ジョーディの魔力を皆に貸すのよ」

これから僕はみんなに自分の魔力を流します。

そうすると魔法の力が強い魔獣さんはもっと強くなって、魔法が得意じゃなくて、噛み付くとか、蹴る殴るが得意な魔獣さん達も、その力が強くなるみたい。

みんなに魔力を流し終わったら、次はポッケ達とお花に魔力を流します。

ポッケ達に流すのは、もし攻撃されても、僕の魔力で弾いて守るため。そうすると、結界みたいに完全には守ることはできないけど、大きな怪我はしなくなるんだって。

それからお花は、もちろん呪いから僕達を守るためです。今の僕の魔力なら、グッシーの結界くらい、お花の力を強くすることができるみたい。

ここまでですると僕の魔力が溢れるのは止められるんだって。

みんなに魔力を流し終わったら、今いるこの場所じゃなくて、もう少し離れた広い場所で、ドラゴンアンデッドを迎え討ちます。

その時は僕も一緒に攻撃するんだ。

僕の攻撃はもちろんあの魔法、『フラッシュ』だよ。

僕は魔法が使えるって分かってニコニコです。

ポッケ達も僕の方の上や頭の上でフラッシュの真似をして、やったねって言ってます。

僕の首に巻き付いていた子フェニーが聞いてきたから、ポッケ達が説明してくれたよ。

『ジョーディのフラッシュは凄いんだよ。真っ暗な闇を消しちゃうの』

『ちゃんと言えなくても、魔法できちゃうなの!!』

『おい、グッシー、どういうことだ？』

ポッケとホミュちゃんの話を聞いていたジルが、グッシーに話しかけてきました。

『ジョーディは魔法が初めてではないと分かったが、ちゃんと言えないとはなんだ？』

ジルの疑問にグッシーが答えます。

『ジョーディが今唯一使える魔法は、フラッシュだが、ジョーディはちゃんと、フラッシュと言えないのだ』

『あのね、ジョーディのフラッシュは『らちゅ』なんだ！』

『そうそう。『らちゅ』でフラッシュの魔法が発動するんだよ』

スーとポッケがそう補足してくれます。

ジルがそれを聞いて首をかしげました。よく分かっていないみたい。

だから『らちゅ』だよ。僕の『フラッシュ』は『らちゅ』なの。

ドラゴンアンデッドと戦う時になったら、ちゃんと僕の『らちゅ』見ていてね。もしかしたら眩しくて目を瞑っちゃうかもしれないけど。

すぐに僕達は魔力を流す準備を始めました。でももうみんなの所に僕の魔力が流れているし、セレナさんが手伝ってくれるから、準備も魔力を流すのも、ささっと終わるみたい。

みんなが僕の周りに集まります。

「ジョーディが魔力を流している間、みんなは動かないでね。なるべく早く終わらせるから」

セレナさんにそう言われて、魔獣達が頷きます。

『じゃあ、始めるわよ』

まずセレナさんが、僕がみんなに魔力をあげやすいように、魔法をかけてくれます。

そうすると僕の体の中がポカポカになりました。そのポカポカが魔力なんだって。

ポカポカを感じたら準備は終わりです。後は僕が、魔獣さん達に魔力が流れろって考えるだけで、自然に魔力が魔獣さん達の所へ行くんだ。

魔力が十分に流れきったら、セレナさんが教えてくれて、僕が考えるのをやめれば、それで終わり。ね、簡単でしょう？

セレナさんがなにか分からない言葉を嘔いたら、すぐに体がポカポカしてきました。

僕は言われた通り、魔獣さん達の方に、ポカポカ流れろって考えます。

すぐにポカポカが体から出て行く感覚がしました。魔獣さん達の方はどうなのかな？

僕はチラッと魔獣さん達を見ました。

そしたら魔獣さん達は、とってもビックリした顔をしていて、こんな凄い魔力は初めてだとか、あったかいなとか、みんなブツブツ言ってます。

僕はその後もどんどん魔力を流します。

セレナさんが魔獣達を見て、僕の魔力が溜まったことを確認しました。

すぐにもう終わりって言われたから、僕は魔力を流すことを考えるのを止めます。

でも僕の体はポカポカのままでした。

セレナさんはこのままグッシーとジルに魔力を流すって言いました。

グッシーとジルが僕の前に来て座ります。

グッシー達に魔力を流すのは、魔獣さん達の三倍くらい時間がかかりました。

「そろそろいいかしら？　二人共どう？」

『ああ、完璧だ』

『これは、魔獣達が言っていた通りだな。素晴らしい魔力だ』

ん？　なんとなくグッシー達が光っているような？

そう思ったのは僕だけじゃありませんでした。ポッケ達が同じことを言ったんだ。

そしたらセレナさんが教えてくれたんだけど、これはグッシー達が僕に魔力を貰って、今とてもいい状態になっているからみたい。

他の魔獣さん達よりも強いグッシー達は強くなりすぎて、その力が光って見えているんだって。

次はニッカとミンクお兄ちゃんにも魔力を流します。ニッカ達は魔獣さん達と同じくらいの時間で、魔力を流すのが終わりました。

最後はポッケ達とお花です。ポッケ達が僕の前に全員並んで、それからお花を僕とみんなの間に置いて、一気に魔力を流しました。

流したとたん、ポッケが凄いって、その辺を走り出しました。

すぐに魔獣さん達に咥えられて僕の前に戻されます。放すとまた動いちゃうからって、咥えられたまま魔力を受けることになりました。

ちょっと中断しちゃったけど、すぐに魔力は流し終わったよ。

魔力を流すのが終わったから、これから作戦会議が始まります。

作戦候補は二つです。全員で最初から総攻撃に出るか。それとも最初に何かしらの攻撃で、ドラゴンアンデッドの動きを少しでも止めてから、みんなで総攻撃に出るか。

『最初から総攻撃もいいが、あまり奴に動かれるのもな』

『だが、奴の動きを少しでも止めるといっても、もしそれができなかったら？　無駄に魔力を使うことになるぞ？』

グッシーとジルが話し合います。

その間僕とポッケ、スー、ホミュちゃんは『らちゅ！』のことを、話し合っていました。

『今度は、どのくらいの『らちゅ』になるかな？』

『もしかしたら、この前よりも凄いんじゃない？』

『ちゃんと見れる『らちゅ』がいいなの!!』

「しょよねぇ。りゅは、めよねぇ」

今、僕は、そうだね、目を瞑っちゃうくらい眩しい『らちゅ』だとダメだよね、って言ったの。

なにかいい方法ないかな？

『キキィ？』

『らちゅって凄いんですか？　僕達も見たいです!!』

『プピ？』

子フェニーやクルドお兄ちゃん、フラワーピグさんが、僕達の話を聞いていて、とっても元気になって、僕達の周りを走り始めたよ。

その時、一匹の黒い小鳥さんが僕達の所に飛んできました。

『よう！　人間の子供とキノコの子供！　魔獣の子供がなにを言ってるか分からなくて困ってんだろ？　俺の役目は決まったたから、そいつらの言葉を伝えてやるよ。ついでにお前達の話もな』

「ちゃ!!　でぃよぉ、ちょ？」

『？　なんだって？』

『こんにちは！　僕はジョーディ、教えてもらっていいの？　って言ったんだよ。僕はポッケ！　それから……』

ポッケが僕の言葉を伝えてくれた後、みんなで自己紹介をします。

鳥さんの名前はフーガ。フーガがね、なんで僕はフーガの言ってることが分かるのに、俺には僕の言ってることが分からないんだって、ちょっと不思議な顔をしていました。

早速フーガに、『らちゅ』の話をしてもらうと、子フェニー達は、もっと何か言いながら走り回りました。フーガによると、凄い、早く見たいって言っているんだって。

うん！　もうすぐ見られるからね。

でもやっぱり、眩しすぎて見えなくなるのは問題だよね。

だからみんなでどうするか考えようって僕が言ったら、フーガがそれなら問題ないって制します。

フーガが使う魔法の中に、眩しい光を見えやすくする魔法があるんだって。

その魔法だと、いくら眩しくても、目を開けていられるの。だから眩しい光の中で戦うこともできるんだ。それを使ってドラゴンアンデッドとも戦うみたい。

さっき言っていた『俺の役目』っていうのはこのことでした。

その後も続いた話し合いでなんとか作戦が決まって、グッシーがこれからのことを教えてくれました。

これから僕達は移動して、みんな色々な所に隠れて、ドラゴンアンデッドが来るのを待ちます。

それでドラゴンアンデッドが来たら、僕はグッシーの合図を待って、グッシーが『今だ！』って合図してくれたら、僕は思いっきり『らちゅ!!』って叫ぶの。

それからフーガは、僕の魔法のすぐ後に、みんなに魔法をかけてくれるみたいです。

僕とフーガの魔法の後は、眩しくて動きが遅くなったドラゴンさんアンデッドに、眩しくても動けるみんなが一斉に攻撃します。これが作戦です。

僕達はすぐに移動を始めました。

ドラゴンアンデッドと戦う場所にはすぐに着いて、みんなそれぞれ隠れに行きます。

準備が終わった僕達は、その場でちょっとだけご飯を食べることになりました。

お腹が空いていたら力がでないでしょう？　ドラゴンさんアンデッドは、みんなを馬鹿にしてゆっくり移動しているから、今のうちに食べるんだ。

他の所で隠れている魔獣さん達も食べているみたいです。

それと少し前、さらに頼もしい仲間がやって来ました。

ジルが僕達の場所へやって来て、ようやくだなって言ったんだ。

不思議に思ってジルが見ている方を僕も見たら、オオカミみたいな大きな黒い魔獣さん達が走ってきてました。

それはなんと魔獣さん達が怖がっていたあのシャドウウルフだったんだ。

一番大きいシャドウウルフが、話し合いに来ていたシャドウウルフで、それから他にも仲間が十匹います。

『お前達だけじゃ心配だったからな。それと、ほらよ』

シャドウウルフ達が、グッシー達の前にお肉を投げて渡してきました。

『オレ達に歯向かってきた奴らと、喧嘩を売ってきた奴らだ。これから戦うのにそんなメシでどうする。失敗したらたまったもんじゃねぇ』

シャドウウルフのボス、なんだかんだ言いながら、グッシー達にご飯を持ってきてくれたんだ。

グッシー達はありがとうとは言わなかったけど、ニヤッと笑って、軽くしっぽを振りました。それが挨拶だったみたい。

シャドウウルフ達がグッシー達を待っている間、セレナさんがシャドウウルフ達にも、僕の魔力を流すか聞いたんだけど、みんな要らないって言いました。

人間の力なんか貰って、体を悪くしたらどうするって。もう！　僕の魔力は具合が悪くなんかならないよ。

それから作戦を話して、シャドウウルフ達はドラゴンアンデッドの斜め右から攻撃することに決まりました。

持ち場へ移動して行く時、シャドウウルフのボスが僕にこう言いました。

『人間の子供、失敗するんじゃねぇぞ。失敗したら食ってやるからな』

大丈夫だよ、僕、失敗しないもんね。

それから少しして　ちょっと遠くから、ドシンッ、ドシンッて音が聞こえました。ドラゴンアンデッドの足音だよ。

セレナさんが、みんなが隠れている場所を全部回って、みんなに結界を張ってきてくれました。

そのうちドラゴンさんアンデッドの足音以外にも、木がミシミシいっている音が聞こえるようになりました。もうすぐそこまでドラゴンさんアンデッドが来たんだね。

ポッケ達がポケットの中に入ります。

あっ、洋服はニッカが直してくれました。ニッカのポケットの中に、持ち歩き用の裁縫《さいほう》道具が入っていて、それでちゃちゃっと直してくれたんだ。

子フェニーもしっかり洋服の中から顔を出しているよ。

フラワーピグさんは、ミンクお兄ちゃんの背中に乗っています。

『いいか、ジョーディ。我がやれと言ったら、思いきり魔法を使うのだぞ』

「あい!!」

『まぁ、言わずとも、思いきりやるだろうが。果たしてフーガの魔法だけで対応できるか』

『なんだよ、オレ、今までこの魔法失敗したことないぜ』

『お前の魔法に問題があるのではない。我が心配しているのは、ジョーディの魔法の威力の方だ』

『やっぱり弱すぎるってことか？　さっきまで強いって言ってただろう。どっちだよ』

『……おそらくお前達が思っているよりも何十倍も強いだろう』

フーガが僕の頭から降りて、ジロジロ僕のことを見てきます。

それからすぐに頭の上に戻って、そんなに強そうに見えないって言いました。

そんな話をしているうちに、木のミシミシ音も大きくなって、地震みたいな振動の後に、ドッシーンッ!!　って音がしました。それからなんか周りが曇ったような。

ついにドラゴンアンデッドが到着したみたいです。

セレナさんが僕の肩に手を置くと、すぐに体の中がポカポカになりました。

これでいつでも『らちゅ!!』ができます。

『よし、動くぞ』

グッシーが隠れていた木の間から外に出ると、少し向こうにドラゴンアンデッドが見えたよ。

でも……ドラゴンアンデッドね、僕が覚えている姿と違っていました。

真っ黒は変わらなくて、でも体が二倍くらい大きくなっていたの。あと翼が増えていて、両側に二個ずつ、全部で四個の翼になっていました。他には、体全体から湯気《ゆげ》みたいに黒いモヤモヤが出ていたよ。

ドラゴンアンデッドは、赤く燃えるような目で、出てきた僕達を見てニヤッと笑った後、グガァァァァァァァ!! と叫んで、口の所に黒い丸を作って、それを僕達めがけて飛ばしてきました。

グッシーがそれを避けて、ドラゴンアンデッドよりも高く空に飛びます。そして……

『ジョーディ!! 今だ!!』

「らちゅぅぅぅぅ!!」

ピカァァァァッ!! 光が辺り一面に広がります。

今までとぜんぜん違う『らちゅ』でした。辺り一面が一瞬、まったく見えなくなったの。

ポッケとホミュちゃんが次々に叫んで、グッシーも叫びます。

『わぁ、目がぁ～』

『みんな、側にいるなの!?』

『フーガ、早く我らが眩しくなくなる魔法を使え!!』

『わ、分かってる!! それ!!』

何しているか分からないけれど、フーガが僕の頭の上で右に行ったり左に行ったり、それからちょっとだけ足踏みしたりしました。

『目開けていいぞ。でも、あんまりなぁ』

フーガにそう言われて、僕はそっと目を開けます。そうしたら目を瞑らなくても大丈夫だったけど、でも周りはまだ眩しく白っぽく見えました。これで大丈夫？

そう思ったのは僕だけじゃありませんでした。

グッシーがフーガに言います。

『もう少し、見えやすくできんのか？』

『オレ、ジョーディのことを見くびってた……もう一回魔法を使ってみる』

フーガがまた僕の頭の上で左右に動いたりするやつをやって、すぐに周りがもっと見えるようになりました。うん！　これなら大丈夫！

グッシーが空中から攻撃を始めます。

それと同じくらいに、ジル達も攻撃を始めたみたいです。

ドラゴンアンデッドは……魔法攻撃に、しっぽや翼、手や足を使って攻撃してくるけど、ぜんぜん違う、みんながいない方向を攻撃しています。

僕の『らちゅ』で見えないから、今は気配を感じて攻撃をしていはず。

でもこれだけ大勢で攻撃されているから、完全に気配を感じられていないんじゃ、ってセレナさんが言いました。

それでも少し経つと、何匹か魔獣さんが攻撃を受けちゃって、急いでセレナさんが回復に向かってくれました。

でも戻ってきたセレナさんの様子が変でした。体が透《す》けちゃっていたんだ。

『こんな時に……はぁ、私がここにいられる時間は、もうほとんどないみたい。力を貸しすぎだってことね』

なんかセレナさん、もう帰らないといけないんだって。一気に僕達に力を貸しすぎたって、神様がセレナさんを戻そうとしているの。僕、神様を怒りたいよ。

セレナさんが新しくみんなに結界張ってくれて、僕の魔力と、グッシーや他の魔獣さん達の魔力を少しだけ回復してくれました。

『これでいいわね』

そう言ったセレナさんの体は、もうほとんど消えかけています。セレナさんが僕を抱きしめて頭を撫でてくれて、僕達から離れました。

『いつまた会えるかは分からないけれど。私はいつでもあなた達を見守っているわ。もしまたなにかあれば、私は何があっても駆け付けるから。グッシー、後は任せたわ。それからジョーディ、やっちゃいなさい!!』

「あい!!」

セレナさんがニッコリして、すっと消えていきました。

セレナさんありがとう、また会おうね!!　僕待っているよ。

『行くぞ!!　しっかり掴まれ!!』

すぐにグッシーが攻撃を再開して、風魔法でドラゴンアンデッドの目を攻撃します。

もしも周りが見えるようになるといけないから、今のうちに、完璧に見えなくしておくみたい。

でもこれが大変で、なかなかドラゴンアンデッドに近づけないうちに、グッシーが不安に思っていたことが起こりかけていました。

ドラゴンアンデッドが途中から、自分の闇魔法で『らちゅ』を薄め出したんです。

それからは目を開けたり、気配を感じ取ったりしながら戦い始めたんだ。

グッシーが近づけたのは、それから少し経ってからでした。

なんとかジルとの連携で近づくことができました。グッシーが勢いよく目を攻撃します。

『ぐぎゃあぁぁぁ!!』

するとドラゴンアンデッドの苦しそうな悲鳴が響きます。

グッシーの攻撃は目じゃなくてまぶたを攻撃していて、まぶたに大きな引っかき傷が出来たんだ。

グッシーはそのままの勢いで、もう一回攻撃をします。

『ぐぎゃあぁぁぁぁぁぁ!!』

さっきよりも大きな声を上げるドラゴンアンデッド。

今度はしっかり目を攻撃できて、ドラゴンアンデッドは目を開けることができなくなりました。

その調子でもう片方の目を攻撃したグッシー。もう片方の目はすぐに攻撃できたよ。

両方の目を攻撃し終わったグッシーは、ドラゴンアンデッドから離れると、僕にもう一回『らちゅ』をやれって言いました。セレナさんの手伝いがなくても、今の僕ならすぐに魔法が使えるからって。

気配でも僕達を追えないように、僕の凄い光で惑わせて、最後の一斉攻撃をする、グッシーはそう考えたんだ。

作戦を伝えるために、グッシーがジルに近づこうとします。

途中でジルが気が付いて、ジルもこっちに来てくれたよ。

『目は潰したが、このままでは時間がかかりすぎて、我らの方が不利になる。そうなる前に……』

簡潔に、でもしっかりと、これからのことについて話したグッシー。ジルはすぐに頷きました。

でも、少しだけ心配そうな顔で僕を見てきたんだ。

『どうした？　これから最後の攻撃をするのに、何か不安があるなら今言ってくれ』

『いや、なぁ。先ほどのフラッシュ。あれほど凄いとは思わなくてな。フーガの魔法でなんとかなったが。さらにフラッシュとなると。我らは動けるが、他の魔獣達の中には、動けない者も出てくるんじゃないかと思ってな』

ジルが少し不安そうにそう言いました。

『まったくだ』

するとそう言いながら、シャドウウルフのボス――面倒だからウルボスって呼ぶことにします――ウルボスがやって来ました。

『あのでたらめな魔法はなんだ？　いくらなんでも限度ってもんがあるだろう。あれ以上なら、俺の仲間の半分が動けなくなる。そっちもそうだろう？』

『ああ。先ほどのでギリギリだ』

『だが、今ジルにも言ったが、これ以上戦いが長引けば、我らが不利になるだけだ。そうなる前に動かなければ』

また話し合いが始まっちゃったよ。早くしないと！　他の魔獣さん達が戦っているんだから。

僕はフーガのことを呼びます。フーガのことはガーって呼んでいるんだ。

「がー！」

『なんだ？』

僕の魔力って、まだまだあるんだよね。じゃあ、もう一回フーガに魔力をあげたら、みんなが眩しくならないくらいの、強い魔法を使えるようになるんじゃない？

そのことをグッシー達に言おうとしたんだけど、みんな話し合いに夢中で、僕のことに気付いてくれません。

仕方ない、僕だけでなんとかしよう。

フーガを僕の前に座らせます。それからポッケ達と、誰の力も借りずに、どうやったらフーガに魔力を流せるか話し合いを始めました。早く考えなくちゃ。

『セレナ様はどうやってたっけ？』

『セレナ様の魔法どんなだったなの？』

ポッケとホミュちゃんに聞かれて、僕は頑張って思い出します。

セレナ様の魔法？　う～ん。フワッとしていて、ポカポカで……

『ポカポカが魔力なんだよね。じゃあ、ポカポカになれって、とりあえず考えてみたらどうかな？

そうしたら案外勝手に溜まるかも？』

ポッケがそう言いました。

うん、セレナさんやグッシーの時どうだったか思い出しながら、考えるのがいいかも。

よし！　僕は目を瞑って考え始めました。周りでポッケ達も応援を始めます。

考え始めてからすぐでした。

体の中がポカポカしてきて。さっきみたいになったんだ。本当にできたんだよ。

「ちゃっ!!」

僕の声にポッケ達が拍手してくれます。

そのとたん、話し合いをしていたグッシー達がバッ!!　と僕達の方を振り向いてきて、何をしたんだって言ってきました。

僕が説明しようと思ったんだけど、僕だと時間がかかるからって、ポッケ達が説明してくれました。その話を聞いて、グッシーは怒った後にがっくりです。

『なんでそんな勝手なことをしたんだ。何かあったらどうする。魔力が暴走するということもあるんだぞ』

魔力の暴走？　何それ？　なんかとっても危なそうな言葉だね。

ポッケ達もよく分かっていません。ニッカはとっても心配そうな顔して僕のことを見ています。

でも、一匹だけ違う反応をした魔獣が。ウルボスです。いきなり大きな声で笑い始めたんだ。

『ハハハハハハッ！　これはいい。人間の子供、お前なかなかやるじゃないか！』

『おい！　笑いごとではないのだぞ!!』

キ

『せっかく魔力を溜めたんだ、ちょうどいいじゃないか』

と、その時、僕達の後ろでドラゴンアンデッドが、大きな声で鳴きました。

『はぁ、溜めたものは仕方がない。それにこいつの言うことも、まぁ、正しいな。せっかく魔力を溜めたんだ。時間がない、今すぐ動こう』

グッシーはがっくりしたままだったけど、フーガに魔力をあげていいって言ってくれました。

僕がフーガに魔力をあげている間に、ジルとウルボスはドラゴンアンデッドの所に戻ります。

僕は魔力をあげ終わったら、すぐにまたまた『らちゅ！』をやります。

僕はすぐにフーガに魔力を流し始めて、フーガの魔力はささっと満タンになったよ。

『よし！　これでいい。次はフラッシュだ』

グッシーが一気に飛んで、様子を見ながらドラゴンアンデッドの近くに寄っていきました。

『さぁ、行くぞ!!　今だ!!』

僕はドラゴンアンデッドに向かって、大きな声で叫びました。

「らちゅ～!!」

すると、ドラゴンアンデッドの苦しそうな声が響きます。

『グガガガアァァァッ!!』

フーガに声をかけ、魔法を使わせようとするグッシー。

『フーガ！　早くしろ！　こっちがやられる!!』

『ま、待ってくれ!?　うう、目が……くそっ!!』

僕は眩しすぎて、ニッカの洋服に顔をくっ付けて、目を瞑ります。

ポッケ達は僕の洋服の中に潜ったままです。

ちょっとして、フーガに目を開けていいって言われて、そっと目を開けます。

「にょおぉぉぉ！」

周りはほとんどが真っ白でした。木とか岩とか木、空は黒色と空色が混ざっていたのに、全部が白くなっています。でも形は分かるんだよ。凄いし面白い！

『ふい〜、危ない危ない。もう少し強いフラッシュだったら、せっかく魔力を貰ったけど、効かなかったぜ』

『だがこれで戦える。見てみろ』

言われてドラゴンアンデッドを見ます。

ドラゴンアンデッドは今まで、僕達を狙ってきて、ジル達の相手も完璧にしていたのに、今は全然違います。誰もいない所にも攻撃して、全然攻撃が当たらなくなりました。

それから自分の周りを闇で覆おうとして、闇魔法を出すんだけど、でも一瞬で光に消えちゃうんだよ。

グッシーは急降下してジル達の所に向かいます。

『どうだ！　行けそうか！』

『いつでも行けるぞ！　が、やはり魔法の威力はおかしいな』

『ふん、我が主だから当然だ！　よし！　全員で攻撃だ。全てを出しきって、奴を倒すんだ‼』

『俺達も行くぞ！　くくく、やるじゃないか、人間の子供。いいか！　無様な姿を見せた奴は、俺が殺《や》るからな。分かってるだろうな！』

グッシー、ジル、ウルボスの言葉に、魔獣達が大きな声で返事をして、そして一斉にドラゴンアンデッドに向かい始めました。

『いけ！　グッシー!!』

『そこだ！　やっちゃえ!!』

『吹っ飛ばすなのぉ!!』

「ちー！　ちゃのぉ!!」

今のは『グッシー、やっちゃえ！』ね。みんなでグッシーを応援します。

グッシー達、凄いんだよ。今まではなんとか当てていた攻撃を、ぜんぜん外すことなく全部当てています。

ドラゴンアンデッドはその攻撃に、ちょっとだけだけどひるんだみたい。

でもそれもすぐに変わりました。ちょっとの攻撃でも後ろに下がるようになったの。

それから攻撃が当たる度に、ドラゴンアンデッドの周りの黒いモヤモヤが消えていきます。

今は最初の半分くらいまで黒いモヤモヤが薄くなりました。

魔法を使う時にも黒いモヤモヤの力を使って、しっぽや蹴り、他の攻撃の時にも使っているから、どんどん力がなくなっているんじゃないかな？

そのおかげかな。ドラゴンアンデッドの足元、黒じゃなくて、元のドラゴンの茶色の足が見えるようになったんだ。

グッシー達はそれからもどんどん攻撃をして、僕達はそれを見て盛り上がります。

これなら行ける、グッシーがそう言ったと思うんだけど……

いきなりドラゴンアンデッドから、黒いモヤモヤがたくさん溢れ出して、僕達の周りは一気に、モヤモヤに覆われそうになっちゃったんだ。

それで思わず、僕は『らちゅ！』をやっちゃいました。僕の『らちゅ！』と、モヤモヤがぶつかって弾けます。それでなんとかモヤモヤに包まれずに済みました。

ふぅ、危ない危ない。グッシーに怒られちゃうかもだけど、今のはしょうがないでしょう？せっかくここまできたんだから、また真っ暗になったら大変。

僕はドラゴンアンデッドを確認します。そうしたらドラゴンアンデッドと目が合いました。

ふん、そんなに睨んだって、僕、怖くないもんね。だって僕はみんなと一緒だもん。一緒ならなんだってできちゃうんだから。

僕はドラゴンアンデッドを睨み返します。

睨んだおかげで気が付きました。ドラゴンアンデッドのお腹が、一か所だけとっても濃い黒色になっています。

グッシー達が攻撃する度に、黒が凄く濃くなって、攻撃されないとちょっと濃い黒に戻ります。

それからドラゴンアンデッドが攻撃すると、やっぱり濃くなって、攻撃をやめると薄くなるんだ。

どうして濃くなったり薄くなったりするんだろう？

僕が考えていたら、ポッケが僕に気付いて、どうしたの？　って聞いてきました。

『お腹の黒？』

『どこが黒？　僕、茶色にしか見えないよ？』

みんな、お腹の色は別に変わらないって言います。

そんなことないよ、今だって変わっているのに。

話し合いをする僕達を不思議に思ったのか、グッシーが近づいてきて、それからお腹がよく見える位置に移動してくれました。

ポッケが簡単に説明してくれて、僕は色が濃くなる度に合図をしたよ。

でも結局グッシーも、お腹の色の変化が分かりませんでした。

『もしかしたら……』

グッシーが攻撃をやめて、下で戦っているジルの所に飛んで行きます。それで僕の話をして、一斉にみんなで僕が見つけたお腹の所を攻撃しないかって言ったんだ。

ジルは最初お腹を確認して、やっぱり色が変わるのは分からなかったんだけど。僕が言うならそうなんだろうって、グッシーの作戦に頷きました。

ジルが他の魔獣に伝えてくれている間に、グッシーはウルボスの所に。

『なんで来た？　さっさと元の場所に戻れ。まったく』

『すぐ終わる！』

グッシーの言葉にブツブツ言いながら、ウルボスが戦っている場所から離れました。

グッシーがジルの時みたいに、大事なことをささっと説明します。

ウルボスは最初、本当かって疑って、僕を見た後ドラゴンアンデッドを見ました。

やっぱりみんなみたいに色が変わるのが分からなくて、僕に何回も確認してきたよ。

『本当に色が変わっているのか？』

「たい！」

『変わっている場所は、そこだけなのか？』

「たいよぉ!!」

もうしつこいな。僕は近くに来て話していたウルボスの頭をパシパシ叩きました。ちょうど僕の手の届く所に頭があったんだよ。

そしたらグッシーがやめろって言って、僕をウルボスから離します。

あっ、そうだった。ウルボスって肉食の怖い魔獣だったっけ。僕、お話ししていたから、そのことを忘れていたよ。僕は慌ててウルボスを見ます。

でもウルボスは、僕の考えていたウルボスとは違いました。

『ハハハハハハッ!! まさか俺の頭を叩くとは。そんな奴は魔獣でもいないっていうのに。しかもまさか人間の子供に叩かれるとは、ハハハハハハッ!!』

凄く笑った後、ウルボスはニヤニヤします。なんかとっても楽しそうなんだ。なんで？ まぁ、怒ってないなら別にいいんだけど。よかった、僕食べられないみたいです。

『はぁ、笑った笑った。分かった。お前の言う通りにしてやろう。お前の力は本当だからな。お前が言うならそうなんだろう。そうと決まれば俺は戻るぞ』
そう言うとウルボスはニヤニヤしたまま、戦っていた場所に戻って行きました。グッシーに乗った僕達もすぐに戦っていた場所に戻ります。空高く上がって下を見たら、もうみんながお腹を攻撃し始めていたよ。すぐにグッシーも攻撃します。

攻撃を始めてすぐでした。ドラゴンアンデッドが苦しみ始めて、どんどん後ろに下がり始めたんだ。それからみんなを払うけど、攻撃をしてこなくなったよ。

そして攻撃を初めてどのくらい経ったかな？　たまたまグッシーとジルとウルボスの攻撃が重なって、ドラゴンアンデッドのお腹に大きな傷が出来ました。ん？　アレって？

『グギャアアアアアアッ!!』

大きな鳴き声を上げて、ドラゴンアンデッドは飛び上がると、森の奥へと戻り始めました。そんなドラゴンアンデッドをみんなが追いかけて、さらに攻撃します。

「ちゃの、ちゃ？」

『ジョーディ、どうしたの？　何を見たって？』

「ぴきゃ、くりょ、きりゃよ？」

『ピカって光って、黒くて、キラキラしてる物？　それがアンデッドのお腹の所に見えたの？』

『ホミュちゃん、見えなかったなの』

お腹に傷が出来た瞬間、傷の一箇所がピカッと光って、その後キラキラ光っている、黒い物が見えたんだ。

でもポッケ達は見てないって。傷を負って、すぐにドラゴンアンデッドは逃げ始めちゃったしね。

すぐにニッカがグッシーに知らせてくれます。

グッシーも見ていなかったけど、グッシーには心当たりがあるみたいです。

どんどん森の奥に逃げて行くドラゴンアンデッド。それを追いかける僕達。

気が付いた時には、あの元アンデッドだった魔獣さん達が倒れている所の近くまで来ていました。

しかもそこには、生きている十匹くらいのアンデッドがいたんだ。

そのアンデッド達を見たドラゴンアンデッドが、さっきみたいに黒いモヤモヤを自分の方に集め始めます。

もしかして力を戻そうとしている？　みんながアンデッドとドラゴンアンデッド、それぞれ分かれて攻撃をします。

その間に僕達と、グッシーから僕の話を聞いた、ジルとウルボスが、ドラゴンアンデッドの前に行って、みんなでお腹の傷を確認しました。

『やはりそうか。アレは稀《まれ》にアンデッドの体の中から見つかる石だ。どうもアンデッドの力の源になっているようなのだが、我にもよく分からないのだ』

『アンデッドから必ず見つかるわけではないからな。アンデッドを倒しても少しの間、あの石から嫌な気配は消えんし』

グッシーとジルはアレのことを知っていました。

グッシーは、何回か石を持っているアンデッドと戦ったことがあるんだって。

石を奪ったアンデッドは、攻撃ができなくなったり、動けなくなったり。だからもしかしたらあの黒い石が、アンデッドの力の源になっているんじゃないかって。

でも絶対じゃないかもしれないの。それに見つからないこともあるって言っていたでしょう？

『しかし今までは、石を破壊すれば弱らせることはできたんだ。とりあえず石を破壊するぞ』

すぐに話はまとまって、グッシー、ジル、ウルボスが一斉にお腹に向かって攻撃します。

攻撃は完璧に当たって、今までで一番石が見える状態になりました。

でもその時、ドラゴンアンデッドの目がギラっと光ったと思ったら、黒いモヤモヤの物凄い風が、ドラゴンアンデッドを中心に吹いて、魔獣さん達が一斉に飛ばされちゃったんだ。

グッシー達はなんとか踏ん張ったんだけど、ドラゴンアンデッドの攻撃は止まりません。今度は黒い雷みたいな形をしている物を飛ばしてきて、しかもその攻撃は、モヤモヤ風と同時攻撃だったんだ。ついにグッシー達も飛ばされちゃいました。

僕達はクルクル回りながら、地面に落ちていきます。

グッシーが僕達を守るように、上手に降りてくれて、ニッカも僕達を支えてくれたから、僕達は怪我なく地面に転がり落ちました。

でもグッシーもニッカも立ち上がれなくて、周りを見たらジルとウルボスも同じ状態です。魔獣さん達も倒れ込んでいます。

それからすぐに僕達の後ろの方で、ズゥウウンッ！　って音が聞こえて……

みんなで後ろを振り向いたら、ドラゴンアンデッドがグッシー達みたいに倒れ込んでいました。

グッシーが少し頭を上げて、もしかしたら今のが、ドラゴンアンデッドの今使える、最後の力だったのかもしれないって。

『今攻撃すれば……すぐに回復しなければ』

グッシーが自分の体を回復させ始めます。

僕はドラゴンアンデッドを見ました。

ぜぇぜぇ息をして倒れているドラゴンアンデッド。それに合わせてお腹も動いています。

よく見たら石もそれに合わせて揺れているような？　ちょっと触ったらすぐにお腹から落ちるかも？

僕は僕の魔力でとっても強くなっているお花を見ます。

さっきドラゴンアンデッドに近づいた時、僕全然平気だったよね。ならもしかしたら？

僕は急いでポッケ達に相談します。

「ちゃよね、びゅっ、たぁっ!!」

『え？　突撃して、ビュッてして、たぁ？』

『石を取るってこと？』

ポッケとスーがそう聞いてきたので、僕はさっき言ったことを繰り返します。

「ちゃ！　びゅっ、たぁっ!!　りゅのよぉ！」

『アンデッド動けないなの。でも危ないなの！』

ホミュちゃんは翼を振って僕を止めようとします。

でもグッシーは今回復しているけど、いつもみたいに回復が早くないです。

それなら今動ける僕達が石を取りに行ってドラゴンアンデッドを弱らせて、最後は回復が終わったグッシーに、ドラゴンアンデッドを倒してもらったらいいと思うんだ。

『ちょっと待ってて。僕が一応確認してくるから』

スーが花を持って、シュッて消えて、それから少ししてシュッて現れました。

ドラゴンアンデッドの目の前をフラフラしてきたけど、全然動かなかったって。それに呪いも受けなかったんだ。

ほら、それなら、僕達で石が取れるんじゃない？　みんなでもう一回だけ相談します。

そして僕達は石を取ることに決めました。

もしかしたら僕だけだと取れないといけないから、みんなで行きます。ドラゴンアンデッドの近くに行くまでは、みんなは洋服のポケットに入ってもらうよ。

みんながポケットに入って準備ができました。後は僕が高速ハイハイで、ドラゴンアンデッドの所へ行って、石を取るだけ。

僕は高速ハイハイの格好をします。最後にグッシーとニッカ、みんなの顔を見ました。いつも僕は助けてもらってばっかり。

確かに僕はまだ赤ちゃんだけど、僕だってみんなを守ることができるはず。それが今です。

ポッケ達が僕の顔を見て頷きました。それを見て僕も頷いて、そして……

「にょよぉ!!」

『突撃!!』

『いっけ～!!』

『行くなのぉ!!』

『キキィィ!!』

僕は走り出しました。早く早く！　ドラゴンアンデッドが復活しちゃう前に。グッシー達の、僕達を呼ぶ声が聞こえた気がするけど、でも今はこっち！　待っていてね!!

走り始めて、ドラゴンアンデッドの倒れている場所まで、半分くらいの所まで来た時でした。僕はちょっと大きな石を踏んじゃって、転んで、思いっきり顔と体を擦っちゃいました。

僕は慌てて起き上がります。みんなのこと潰しちゃった!?

「ちゃ!?」

『いてて、大丈夫！　ちょっと擦っちゃったけど平気！　みんなは!?』

『僕も平気だよ!!』

『ホミュちゃんも平気なのぉ!!』

『キキ、キキィ!!』

『僕も平気です!!』

よかった。みんな平気みたい。ごめんね転んじゃって。

僕はすぐにまた高速ハイハイを再開。今までで一番速いハイハイじゃないかな？　だって残りの半分の距離を、すぐに走っちゃったもん。

そして今、僕達の前には、大きな大きなドラゴンアンデッドの顔がありました。近づいたら、顔全体が見えなくなって、口の部分しか見えなくなっちゃったんだ。ドラゴンアンデッドが大きすぎてね。

えっとお腹はどこ？　こっち向きに倒れているから、あっちだよね？

僕は大きな口を通り過ぎで、お腹の方へ向かいます。

そしてお腹の所に到着しました。お腹には、グッシー達の攻撃で出来た僕の体よりも大きな傷があったよ。その真ん中に、黒くてキラキラの石がありました。モヤモヤもまだ出ています。

『う〜ん。なんか近くに来て見てみたら、あんまり触らない方がいいように思えてきたけど。ジョーディ、やれそう？』

ポッケの言う通り、近くで石を見たら、僕もあんまり触らない方がいいんじゃないかって感じてきました。でも、ここまで来ちゃったし、僕がみんなを守るって決めたんだから!!

「ちゃ!!」

僕は大きな声で返事をしました。そして少しずつ、石に近づいて行きます。

石の前まで行くと一回深呼吸をしてから、石をじっと見つめて、僕は石に手を伸ばしました。

最初は叩いてみることに。

バシッ!!　石は取れませんでした。残念！　僕は手を見ます。大丈夫そう？　それに体もなんともない？　みんなも僕に大丈夫か聞いてきたよ。

今のところは大丈夫そう。僕はすぐにもう二回、石を叩いてみました。それで石はちょっとズレたんだけど、取ることはできなくて。

また体を確認します。うん、やっぱり大丈夫。もう少し叩こう。

僕はその後も何回か石を叩いてみました。

でも、石は僕達がここへ来た時よりもお腹から出てきたんだけど、落ちなかったよ。

仕方ない、しっかり握って取ろう。これだけズレたならすぐに取れるはず。

僕は気合いを入れます。それからそっと手を伸ばして、両手で石をギュッと握りました。

９章　ドラゴンアンデッドの石とキラキラ虹色

一体何をしているんだ？　我――グッシーは、動かない体をどうにかしてジョーディ達の方へ向け、ジョーディ達を呼ぶ。

我はその時、自分の体をなんとか早く回復しようとしていたのだが、そこで予想外のことが起きたのだ。

回復とドラゴンアンデッドに気を取られていた我は、ジョーディ達の話し合いを聞き逃していた。気付いた時には、ジョーディ達は掛け声と共に、ドラゴンアンデッドに向かってしまった後だった。

『ジョーディ!!』

我のジョーディを呼ぶ声に、ジョーディは微かに反応したように見えたのだが、決して止まることはなく、一気にドラゴンアンデッドの所へ駆けて行った。

一体何をするつもりだ!?　いくら今ドラゴンアンデッドが動けなくとも、いつ何が起こるか分からん。あの石が体の中にある限り、今すぐにでも奴は立ち上がり、またジョーディの力を取り込む可能性があるんだぞ!!

早く体を治さなければ。そう焦る我をよそに、ジョーディ達がまた動き出す。

ドラゴンアンデッドの顔の前にいたジョーディ達が、腹の方に移動した。そう、あの得体の知れない石が埋まっている腹の方へ。

それを見てまた焦ってしまい、さらに回復が遅れる。

さらに次のジョーディ達の行動に、我は驚いて固まってしまった。

ジョーディがあの石を思いきり叩いたのだ。叩いたというか、叩き落とそうとしたと言った方が正しいか？

なぜそんなことを？　あの石が危険なことは分かっているだろう。それを素手で叩き落とそうとするなんて。それどころか、さらに何度も石を叩き始めるジョーディ。

「ジョーディ様！　やめるんだ‼」

ニッカのその叫びにハッとした我は、急いで回復を再開する。

その後も数回石を叩いたジョーディ。やっと叩くのをやめたと思ったら、また止まることなく何回も石を叩き始めた。

と、ここで我の後ろから、クククッと笑う声が聞こえた。

そちらを見れば、倒れているシャドウウルフが、ジョーディの方を見て笑っていた。

『ククッ、まさか素手であれを叩いて外そうとするなんてな。オレでもしないぞ、ククククッ』

笑い事ではない！　もしジョーディに何かあれば……

笑いが止まらないシャドウウルフは、回復が終わった仲間のシャドウウルフが駆け付け、回復魔法をかけてもらっていた。

我はジョーディ達の方に向き直る。と、ここでまたジョーディは、予期せぬ行動に出たのだ。

なんとジョーディは、しっかりと両手で石を掴んだのだ。闇の力が、少しだけだがジョーディの手にまとわり付く。だが、そんなことは気にせずに、ジョーディは石を引き抜こうとする。

ジョーディの気合いの入った声が聞こえた。

「にょおぉぉぉぉぉ!!」

＊＊＊＊＊＊＊

僕は石をぎゅっと掴みます。

次に僕は思いきり息を吸い込んで叫ぶ準備をします。僕達が気合を入れる時の掛け声、これをしないとね。

「にょおぉぉぉぉぉ!!」

『にょおぉぉぉ!!』

『にょおぉぉぉ!!』

『にょおぉぉぉなのぉ!!』

石は叩いていた時はグラグラしていたから、すぐに取れると思ったんだけど、なかなか取れません。

もう！　しつこい石だね。さっさと取れちゃえばいいのに。なんだろう、埋まっている見えてない部分が、体から出ないぞって、踏ん張っているみたいな？

仕方ない。もう一回気合いを入れて引っ張ろう。そう思った僕は一度手を離して、ドンッと座り直しました。それからむんって力を入れ直して、しっかり石を掴みます。そして……

「ちゃいのぉ……」

「にょおぉぉぉぉぉ!!」

力いっぱい変な石を引っ張りました。ぎゅううぅぅぅ!! あっ、今動いた！ もっと、もっと力を入れて!!

と、石がまた動いたと思った瞬間でした。

ポンッ!! そんな感じで変な石がお腹から取れて、僕はその反動でそのまま後ろにひっくり返ります。そのまま一回転しちゃったけど、石は離さなかったよ。

僕は足をバタバタ、手を使わないで元の体勢に戻ります。

起き上がった僕は、しっかり掴んでいる変な石を見てみました。

ポッケ達も一緒に変な石を見てきます。

それでなんか違うねって言い合いました。

ドラゴンアンデッドの体の中に入っていた時は真っ黒だったのに。今は石の中でモヤモヤ黒い物が動いている感じに見えます。うんとね、透明なガラスの中に黒い煙が入っているみたいな？

『グッシーに壊してもらうなの!!』

ホミュちゃんがそう言います。

うん！ すぐに壊してもらおう。僕はグッシーの方を見ます。

そうしたらグッシーはまだ回復が終わっていませんでした。

う〜ん。どうしようかな？　ずっと持っているのは、やっぱりダメだよね。だって僕の手には黒いモヤモヤがちょっとまとわり付いてきているし。

でもドラゴンアンデッドの近くには、もちろん置いておけないし。

グッシー達とドラゴンアンデッドの、ちょうど真ん中くらいに置く？

そういえばドラゴンアンデッドは？　気にすることいっぱいです。その時でした。

『そいつを放せ!!』

振り向いたらウルボスが、僕達の方に凄い勢いで走ってきて、すぐに僕達の所に到着したよ。

『おい、聞いているのか？　さっさとそいつを放せ』

それ？　ああ、石のこと？　僕はポイって石を放しました。

変な石はコロコロ転がっていきます。

石を放したら、僕の手にまとわり付いていた黒いモヤモヤが消えたよ。

『よくやった。後は俺に任せろ』

そう言って、ウルボスが変な石を口で咥えると、すぐにパリンッ!!　バリンッ!!　ガラスの割れるみたいな音がしました。変な石をウルボスが噛み砕いたんだ。

石が粉々に砕け散ります。それから、割れた変な石の中から出てきた黒いモヤモヤを、ウルボスがキラキラした魔法で消し去りました。

何今のキラキラの魔法！　とっても綺麗な魔法だった！　ポッケ達も綺麗!!　何それ！　って騒

ぎます。

『今のは聖魔法の一種だ。俺も少しだが聖魔法が使えるんだ』

『ジョーディ!!』

ウルボスと話している時でした。グッシーが僕達の所に飛んできて、すぐに僕の体のチェックを始めます。グッシーも回復が終わったみたい。よかったぁ、と思ったら……

『危ないことをすんじゃない!!』

僕の体を確認し終わったグッシーが、思いっきり怒ってきました。

『まったく、こんな危ない真似をして!! 何かあったらどうするんだ!!』

「たーよね!! ちー、めよ!! りゅのよぉ!!」

『動けたの僕達だけだよ! みんな動けなかったでしょ! だから僕達で頑張ったんだよ!!』

ポッケ達が伝えてくれます。

危ないのは分かっていたけど、動ける人がやらなくちゃ。僕達の喧嘩は止まりません。

そんな中、ウルボスが僕達の間に入ってきました。

『ここでその話をしていていいのか?』

グッシーも僕達も、ウルボスの視線の先を見ます。

そこにはドラゴンアンデッドが倒れていました。

そう、僕達はまだドラゴンアンデッドの側にいるんだ。

グッシーが慌てて僕を咥えて、その場から離れようとします。

『ククク、大丈夫だ。お前達を止めようとしただけだ』

笑うウルボス。それからよく見てみろって言います。

僕達が喧嘩しているうちに、ウルボスがドラゴンアンデッドを確認してくれていたみたい。

今のドラゴンアンデッドは静かに呼吸をして寝ていました。

グッシーが驚かせるなってウルボスを怒ります。

『まぁ、オレの話を聞け』

ウルボスは僕達を、よくやったって褒めてくれました。グッシーにはせっかく僕達のおかげで、石を破壊することができたんだから、まずそれは褒めてやれって怒ります。

それで最後は、それぞれが悪いところは謝って、最終的にはよかったって喜べ、そう言いました。

僕もポッケ達もグッシーも、みんなそれぞれ顔を見合わせます。

『はぁ、まさかお前に言われるとはな。確かにそうだな。ジョーディ、お前達も。危険なことをする時は、ひとこと言ってから動いてくれ。寿命が縮んだぞ。だが、よくやった、助かったぞ』

僕達はそれを聞いて、みんなで頷きました。今度は僕達の番です。

「ちょにぃ、ちゃいよぉ」

『今のは、「勝手に動いてごめんなさい」だよ。うん、勝手に動いてごめんなさい』

『『『ごめんなさい!!』』』

みんなでグッシーにごめんなさいをしました。

それでもう一回みんなで顔を見合わせて、今度はみんなでニコニコしたよ。

『はぁ、まったく手のかかる』

僕達が落ち着くと、ニッカが僕をしっかり抱っこしました。

ニッカは少し震えていました。ごめんねニッカ、心配かけちゃって。

僕もぎゅっとニッカのことを抱きしめます。

それからは、ウルボスとグッシーがドラゴンアンデッドをもう一回確認しました。

それで確認した結果、グッシー達はドラゴンアンデッドとお話しすることにしたみたい。

なんと、アンデッドの力がなくなったからなのか、なぜか元に戻れたドラゴンアンデッドは意識が戻って、少しだけど話ができるようになったんだ。

ドラゴンアンデッドは、元はアースドラゴンっていう種類のドラゴンさんで、とっても強いドラゴンさんだって。元に戻ったアースドラゴンさんは、とってもカッコいいドラゴンさんだったよ。

グッシー達は、どうしてアンデッドになったのか、あの石は初めからアースドラゴンさんの体の中にあったのか、色々なことを聞いていきます。

『……すまん。ほとんどが覚えていないんだ。覚えていることは、アンデッドになる前、我の前に、いきなり黒ずくめの人間が現れたことだ』

少し前に現れた、その黒ずくめの人間は、聞いたことのない呪文を唱えた後、何かをアースドラゴンの方へ飛ばしてきました。その後すぐにお腹に焼けるような痛みを感じたと言います。

何かが自分のお腹に埋め込まれた。そう感じたんだけど、そこで意識がなくなっちゃったんだって。だからその後のことは覚えていないそうです。

お腹に埋められた何か。それってきっと、あの変な石？　あれを人間が埋めたの？

『そんな人間が……』

『ふん、そんな人間、今ここにいれば、俺がすぐに噛み殺してやるのに』

グッシーとウルボスがそう呟き、アースドラゴンさんのお話は続きます。

そんな中、僕はふと下を見ました。

そこにはさっきウルボスが粉々に砕いた、石の破片が散らばっていて、アースドラゴンさんの近くにもそれは落ちていました。

じっと一か所を見ている僕にポッケが気付いて、どうしたの？　って聞いてきます。

僕はそれの方を指さします。

あのね、アースドラゴンさんのお腹の下に、とってもキラキラしている物があるんだ。

でもポッケ達は分からないって。

なんで僕にはポッケ達に分からない色々な物が見えるんだろう？

そう思いながら、僕はキラキラしている物の方へ行こうとしました。

でも一歩踏み出したところで止まります。

危ない、さっきそれでごめんなさいしたばっかりだ。ちゃんとお話ししてから動かないとね。

僕がグッシーとニッカを呼ぶと、二人共すぐに来てくれました。

ポッケ達にキラキラのことを伝えてもらって、グッシー達が確認します。

でも誰もキラキラが分かりませんでした。

だから僕は近づいて、どれがキラキラ光っている破片か教えます。

近くで見たキラキラ輝いている物は、僕の人差し指の先っぽと同じくらいの大きさの、ダイヤモンドみたいな石でした。

でもグッシー達には、確かに形は宝石みたいな形をしているけど、透明なただの破片でキラキラはしていないって言われちゃいました。

僕は触っていいかグッシーに聞いてみます。

グッシーはクンクン匂いを嗅いだ後に、大きな爪の先で破片を触って大丈夫か確認しました。

『何も感じないから大丈夫だとは思うが、なるべくだったら触らない方がいいだろう。が、ジョーディの見えているキラキラも気になるな。どうするか……』

結局グッシーは考えた後、ちょっとだけだぞって言って許してくれました。

僕はそっと破片を手のひらに載っけます。

グッシーが大丈夫かって聞いてきたけど、全然大丈夫！　それから破片のキラキラは僕が触っても消えないで、それどころかもっとキラキラになっていきます。

その時僕は、あることを思いつきました。どうしてかは分からないけど、でも本当にふっと思いついたんだ。

この破片に魔力を流したら、いいことが起こるんじゃないか、もしかしたらアースドラゴンさんが元気になるんじゃないかって。

「りょく、にょこ、ちぇる？」

『ジョーディが、魔力まだ残ってる？　って聞いてるよ』

『魔力？　ああ、まだジョーディの魔力は残っているぞ。いつもの倍くらいは』

え？　あれだけ色々やったのに？　セレナさん、どれだけ僕のこと回復したんだろう？　でも、それなら、破片に魔力流しても大丈夫だよね。僕は破片に魔力を流してもいいか聞いてみます。

『魔力を？　というかこの破片は、先ほどの問題の石の破片のはず。魔力を流せば、またなにが起こるか……』

『やらせてやれ』

グッシーの話にウルボスが割り込みます。

『ここまでやれたのは、チビのおかげだろう。そのチビがやってみたいと言うんだ。ダメなら俺がすぐに、カケラも残らないように消してやる』

『……はぁ、分かった。だが危ないと思ったらすぐにやめるんだぞ。いいな』

ウルボス、ありがとう！　僕はウルボスに抱きつきます。それから顔をグリグリ。

そうしたら早くしろって、洋服を噛まれてぽんって、自分の横に僕を座らせました。

ウルボスの毛ってふわふわなんだね。後でもう一度抱きしめてもいいか聞いてみよう。

僕は破片を握りしめて、魔力を溜めようとしました。

でもさっきは一人でできたのに、今度は溜められなくて、グッシーがすぐに手伝ってくれました。

魔力が溜まった僕が、破片に魔力を流し始めると、すぐに魔力はどんどん破片に入っていきました。それと同時に握っている手の隙間から、キラキラが溢れてきたよ。

そして溜めた魔力を全部破片に流して、僕がそっと手を開けば、噴水みたいにキラキラが溢れてきて、僕達がいる場所がキラキラの絨毯《じゅうたん》みたいになったんだ。

『なんだ、この不思議な感覚は？　それにかすかだが、我にも石が光っているように見えるぞ』

グッシー達にも少しだけどキラキラが見えたみたい。

僕は破片を持ったまま、アースドラゴンさんのお腹の前にしっかり立ちました。

アースドラゴンさんのお腹には、治していない大きな傷がそのままあります。

僕はその傷にそっと、キラキラが溢れて止まらない破片を入れました。

慌ててグッシーが僕を止めようとします。でも、僕が手離した瞬間……

破片が光って、もっとキラキラが溢れ始めたんだ。そしてその凄い勢いのまま、キラキラがアースドラゴンさんの体を包んでいったの。

そしてアースドラゴンさんは虹色の塊みたいになりました。

『なんだ!?　一体何が起こっている!?　この虹色は、あの破片から出ているのか!?』

ミンクお兄ちゃんが叫びました。僕はグッシー達を見ます。

みんな目を細めて虹色アースドラゴンさんを見ています。それから凄い光だって。みんなさっきまでほとんど光が見えていなかったのに、見えるようになったみたい。

するとピカァァァァッ!!　といっそう光が強くなりました。

『今度はなんだ!?』

グッシーが驚きの声を上げます。

今度の光はアースドラゴンさんを包まないで、僕達の方に向かってきました。

そして僕達だけじゃなく、ぐちゃぐちゃな地面とか、腐っちゃった物全部に広がって、虹色に染めていきます。

『わぁ、凄い!!』

『綺麗なのぉ!!』

『これは……』

ポッケ、ホミュちゃんが喜んで、グッシーが困惑しています。

『おい、誰か上から確認してこい』

ジルがそう言ったら、空を飛べる魔獣さんが何匹か飛び立ちました。

僕とポッケ達は虹の地面をあっちこっちに行ったり来たりします。

そのうち地面から何かが盛り上がってきました。

小さい物、細い物、とっても大きい物、本当に色々な物が出てきたんだ。

なんだろう？　色は全部虹色なんだけど、お花？　それから草や石？　それからあっちのは木？

少しして空から帰ってきた魔獣さん達が、みんなとっても驚いた顔をしながら報告してくれたよ。

『凄いぞ！　森全体が虹色の光に包まれているようだ』

『この様子だと、おそらく森全部だな』

僕は話を聞いて、グッシーに飛んでってお願いします。ポッケ達も見たいって。

グッシーは危ないからダメだって言ったけど、ウルボスが悪い物じゃなさそうだから大丈夫だろうって。

『はぁ、仕方ない』

急いでグッシーに乗って、ニッカに支えてもらいながら空へ。

空から見た森は、魔獣さん達が言った通り、全部が虹色でした。虹色になってない所はまったくありません。

「れにぇ～」

『うん！　とっても綺麗だね!!』

『キラキラなのぉ!!』

『僕、初めてだよ、こんなにキラキラしてるのを見たの！』

ポッケ、ホミュちゃん、スーがとっても興奮しています。

そんなことをお話ししている時でした。

森の外側から虹色が消えてきました。

グッシーはすぐに下に降りて、それからみんなに、虹色が消え始めたことを伝えます。

それで何かあるといけないからって、なるべくみんな一か所に固まって、虹色が消えるのを待つことになりました。

少しして、僕達のいる場所の広場の端の方から、虹色が消え始めました。虹色は消える前に少しだけ強く光ってから消えるんだけど。消えた後には……

『これは……』

『まさかこんなことが』

『一体この力は』

そんなことを言いながら、グッシー、ジル、ウルボスが僕の方を見てきました。

虹色が消えて見えてきた物、それは、大きな木が辺り一面に生えていて、とっても綺麗な花畑が広がっている光景でした。

それから土が見えないくらいに草も生えていて。ボロボロだった森が、綺麗な森に変身って感じです。それと……

さっきまでここには、ドラゴンアンデッドに力を奪われて、倒れた魔獣さん達がいっぱいいました。でも今、その魔獣さん達は一匹もいません。虹色が消える時にフワッて魔獣さん達も一緒に消えていきました。

もしかして、みんなセレナさんがいる場所に行ったのかな？　どうしてアンデッドになっちゃったか分からないけれど、みんなもう元の魔獣さん達に戻っていたし。セレナさんの所で元気になれたらいいね。

そんなことを思っていたら、ポッケがあっ!!　って声を上げました。

急いでそっちを振り向いたら、全部消えたと思っていた虹色がまだ残っていました。

そう、アースドラゴンさんだけまだ虹色が消えていなかったんだ。

みんなでアースドラゴンさんの周りを一周してみます。特に傷の部分の虹色が強いかな？

僕達はその虹色が消えるのを待つことにしました。

ジルはその間に、また空を飛べる魔獣さん達に、空から見てこいって言ってたよ。すぐに戻ってきた魔獣さんによると、見える範囲だけだけど、この場所みたいにボロボロだった森が綺麗な森に変わっているんだって。

それと黒く濁《にご》っていた池や湖の水が、底が見えるほど、綺麗な透明な水になっているみたいです。あの石、最初は悪い石だったのに、ウルボスが壊して宝石みたいな破片にしたら、今度は森を治してくれたんだね。あの石ってなんなんだろうね。悪い石？　それともいい石？

『あっ、虹色が消えてきた!!』

スーの言った通り、虹色が薄くなって、最初に見えたのはしっぽ。虹色になる前は汚れていて、なんか元気がない色だったけど、今は、色は濃くなって、明るくなった感じがします。

次に見えてきたのは両方の翼で、翼の色も明るい緑色になっていたよ。それにしっぽと同じで傷もなくなっていました。

羽の虹色が消えたら、今度は背中で次は頭、どんどん虹色が消えていきます。

そして虹色が残っているのはお腹の部分だけになりました。もしかしてあの一番ひどい傷も治った？

僕がそう思っていると、すぅ、と最後のお腹の虹色が消えました。

これでもうどこにも虹色は残っていません。

「ちゃいの!!　にゃいにょよぉ！」

今のは、傷がない、治っているって言ったんだよ。

『やっぱり、怪我治ってたね!!』

『少しも怪我の痕がないよ！』

あれだけひどかった傷が、綺麗に治っていました。

『う、ううっ』

するとちょっと声を出しながら、アースドラゴンさんが目を開けます。

何度か瞬きをした後、目だけを動かして、周りを確認しているみたい。

最後にアースドラゴンさんは僕達を見てきました。

『俺は一体どうなったのだ？　確かお前達と話をしていたと思うが……』

アースドラゴンさんは起き上がると、羽をバサァッ!!　と拡げたり、しっぽに足に手を動かしたり。最後に頭を振って。その後はドシンッ！　と僕達の方を見てその場に座りました。

ん？　アースドラゴンさんが座ったら、お腹からポロッと何かが落ちました。

僕はそれを確認しようと、ドラゴンさんに近寄ろうとします。

でもそれをグッシーが止めて、話を始めちゃいました。

『どこまで覚えている？』

アースドラゴンさんは少し考えた後、グッシー達と話していた時までのことは思い出しました。

ただその後は、とっても疲れていて、眠りたくて、自分はもう消える、そう感じていたことしか思い出せないって。

それでアースドラゴンさんは消える前に、僕達に、自分を止めてくれてありがとう、アンデッドのまま消えなくて済む、とても感謝しているって伝えようと、最後の力を振り絞ろうとしたみたい。

でもその時、僕がお腹に破片を入れました。

そのとたん、お腹がとっても温かくなって、その瞬間、アースドラゴンさんは気を失いました。

そして目が覚めたら、今の状態になっていたって。

『俺は消えなくともいいのか？』

アースドラゴンさんがそう聞くと、グッシーが問い返します。

『アンデッドの力が体に残っている感じはするか？』

『いいや、まったく。少しもあの忌々《いまいま》しい感じはしない』

『我もお前からあれの感じはしない。他の者はどうだ？』

グッシーがジル達に聞きます。

みんなそれぞれアースドラゴンさんを確認して、誰もアンデッドの力を感じなくなったって。

『ならば大丈夫であろう。理由は後で調べるしかないが、とりあえず助かってよかったな』

アースドラゴンさんがもう一度自分の体を見た後、みんなを見て、最後に僕を見てきました。

そしてそっと近づいてきて、僕の頭の上に自分の顎を載せて、僕にありがとうって。

僕はお腹に破片を入れただけだよ。ちょっと魔力を流したけど、それだけ。

でも僕は嬉しくて、アースドラゴンさんの頭に抱きつきました。

その後はまた話し合いの続きが始まったよ。

僕達はグッシーに、近くでミンクお兄ちゃんと、花でも見て待っていてくれって言われました。

それでさっき、アースドラゴンさんのお腹から、何かが転がり落ちたのを思い出した僕は、それを確認するために、落ちた場所へ向かいます。

みんなにお話ししたら、みんなも一緒に探してくれました。

「あちゃ！」

それは意外とすぐに見つかりました。やっぱり落ちたのは破片だったよ。

僕はそれをニッカに渡します。

きっとグッシーもお家で待っているパパ達も、この破片のこと調べたいもんね。

破片のことはミンクお兄ちゃんがグッシーに伝えてくれました。

それからみんなでお花畑へ行きます。

『話が終わったら、すぐに家に帰るのかな？』

『これだけ森が綺麗になったもんね。もしかして移動キノコとかも復活してるかも』

ポッケとスーが家のお話を始めたら、子フェニーとフラワーピグさんが、ちょっと寂しそうな顔をしました。

『キキィ……キキキ』

『もう帰るのか、寂しいって言ってるぜ』

ミンクお兄ちゃんが教えてくれます。

確かに、僕達が家に帰るとなると、子フェニーとフラワーピグさんとはお別れになります。

移動キノコがダメでも、グッシーやビッキーに乗って遊びに来れるかな？

でもグッシー達の話だと絶対家からここまでは遠いよね。すぐには遊びに来られないかも。

じゃあ、今たくさん遊ばなきゃ！

『なにして遊ぶ？』

『冒険ごっこする？　綺麗な花が多いから、珍しい花を探すの』

スーとポッケがそう言いました。そうだね、そうしよう！　僕も賛成します。

「たいの!!」

これで、みんなで冒険ごっこすることに決まりました。

まずは一番近くに咲いているピンクの花に向かいます。みんなであっちの花が珍しいとか、こっちの花は形が面白いとか、花を探しながら進んでいきます。その間に、これからのお話もしたよ。

「ちゃのねぇ、ちよねぇ」

今のは、本当にどうしようか、って言ったの。

『ねぇ。なんかいい方法ないかな』

ポッケが悩ましげに呟きます。

『キキィ、キッキキィ』

『なかなか会えないのは嫌だってさ』

「にょ！　こっこ、きりぇねぇ」

今のは、あっ、この花綺麗って言ったんだよ。

するとスーが別の方を指しながら言います。

『本当だ！　あっ、あっちには新しい綺麗な花があるよ！』

「にゃねぇ、ま～まちゅよの」

これは、あのお花をママに持って帰ってあげたいなって。

『お土産、いいかもね！』

『……お前達、よく会話できてるな』

ミンクお兄ちゃんが少し呆れたようにそう言いました。

その後も僕達はどうするかみんなで話し合ったよ。

でも話し合いの途中から、子フェニーが静かになっていたことに、僕は気付いていなかったんだ。

＊＊＊＊＊＊＊

我――グッシーと皆はこれからのことについて話し合いを始めた。

しかし少しして、ジョーディ達の話し声が聞こえてくると、思わず笑いそうになってしまった。

ジョーディ達はどうも、皆と会えなくなるのが嫌だと、いつでも遊ぶことできないか、という話をしているらしい。が、その話し合いが凄かった。

冒険ごっこで花を探しているのだろう。だが、花の話をしていたかと思えば、どうすればいつでも遊べるかの話に変わる。その逆も頻繁《ひんぱん》に起こっていた。

さらにジョーディは、あの我々大人には分からない言葉で話しているのだ。

あれで会話ができているのだから不思議でしょうがない。

慣れているはずの我でも、今のジョーディ達の様子はおかしく感じるのに、ジル達にしてみれば、さらにおかしく感じるだろう。

その証拠に、途中でジルやシャドウウルフ達がジョーディ達を見て、あれはなんだ、自分達が知らないだけで、ああいう能力があるのか？　と聞いてきた。

『あれはジョーディ達だけの、子供達だけの特別な能力だ。我々には真似できん』

『俺達のどんな能力よりも凄いんじゃないか？』

シャドウウルフがそう言い、アンデッドがいなくなった今、この中で最強はジョーディ達ではないかと言った。その可能性もあるな。

さて、話の続きだ。元に戻ったアースドラゴンに、どこに住んでいたのかを聞けば、我が暮らしていた魔獣園のもう少し先の森だとのこと。

そこでジルが森に帰るか聞くと、いつかは帰りたい、だがその前にやることがあると言ってきた。

この森で、何か手伝いをしたいらしい。なぜか復活した森だが、それは見える範囲を確かめただけで、もしかしたら問題が残っている可能性もある。

だからもし問題があればその問題を解決する手伝いをしたいそうだ。

『それはありがたい。今は少しでも力があった方がいいからな』

『おい、なら俺的にはこの場所を、もう少し前のように戻したいんだが』

シャドウウルフがそう言った。

今いる場所は森の最奥。シャドウウルフ達のような魔獣達は、こういった最奥周辺の、暗闇や岩場、鋭い木々が生えている場所を好み住んでいる。

しかし今ここは明るい花畑になってしまった。

『森を調べ終わったら、お前達が住みやすい場所を新たに作るのはどうだ？』

ジルがそう言うと、シャドウウルフは少し驚いた顔をした。

今は手を組んでいるが、元々は敵対する者同士だからな。自分達の場所はこのまま作らないとでも言われると思っていたのだろう。

だがすぐにニヤッと笑い、ジルもそれに合わせて微笑みかけた。

そのような感じで話し合いは続いていった。

10章　パパ、ママ、お兄ちゃん、みんなただいま‼

グッシー達のお話し合いが終わったのは夕方になってからでした。

そして僕達が帰るのは明日以降になったよ。

まだしっかり、細かいところまで確認できていないからです。確認できたら、すぐに帰ります。

もしかしたら呪いが残っているかもしれないし、なにかあるといけないからね。

それが決まって、僕達はちょっとだけホッとしたよ。

だって、まだどうやってここに遊びに来るか、考えている途中だったから。

夜に動ける魔獣さん達は森を確認するって、それぞれ色々な場所に移動して行って、夜動けない魔獣さん達は、このままこの場所で休みます。

ウルボスは夜に活動する魔獣だけど、アースドラゴンさんの話をもう少し聞きたいって言って残りました。

虹色の光のおかげで生えてきた木に、桃みたいな匂いのする木の実がたくさんなっていたから、今日はそれが夜ご飯です。

それを食べて僕はビックリしました。匂いは桃なのに味はさくらんぼでした。

凄く甘くて果汁がじゅわってして、とっても美味しかったよ。

僕達がご飯を食べ終わると、グッシー達が交代でご飯を食べ始めます。

そうだ!! ウルボスのご飯が終わったら、もふもふしていいか聞いてみよう! 僕、楽しみにしていたんだよ。

みんなでチラチラ、ウルボスを見ながら待ちます。

『あいつらは、何チラチラ俺を見ているんだ?』

『あ〜、お前の毛並みがどうのと言っていたな。おそらくお前の毛を触りたいのだろう。もし聞かれたら触らせてやってくれないか』

『なんで俺が……と言いたいところだが、まぁいいだろう。なんだかんだ、奴らに助けられたからな』

グッシーとウルボスのそんな会話が聞こえてきました。

やっとみんなのご飯が終わって、僕達は急いでウルボスの所に行きます。

そして一列に並んでウルボスにお願いしました。

「ちゃいの! もちゅもちゅ、まちゅ!!」

『今のは、毛をもふもふさせて! お願いします! って言ったんだよ。僕も触らせて』

『お願いなの!』

『少しだけだぞ』

やったぁ!! 触っていいって!! 急いでウルボスの周りに集まります。

ウルボスは僕が触りやすいように、伏せの姿勢をしてくれました。

最初に首の辺りを撫でて、次に背中を撫でて。う〜ん、やっぱりフワフワ。とっても気持ちがよかったです。ポッケ達もフワフワって喜んでいました。

僕達がウルボスのもふもふの毛を堪能《たんのう》している時、またグッシー達が話し合いを始めました。

そんなみんなの話し合いを聞いていたら、僕ね、ちょっと眠くなってきちゃって、ウルボスのお腹に寄りかかって、お腹を撫でながら寝ちゃっていました。

＊＊＊＊＊＊＊

ジョーディ達はシャドウウルフのお腹に寄りかかりながら、全員がすーすーと眠りについていた。

『お前は今日もう動けないな』

我――グッシーがそう言うと、シャドウウルフは大きなため息を吐いた。

そして我に早くジョーディ達を動かせと言ってきた。

ニッカが急いでジョーディ達をどかそうとする。

しかし皆、しっかりとシャドウウルフの毛を握っていて離れなかった。

「……言いにくいんだが」

ニッカが無理やり離せば毛が抜けてしまうと伝えると、それを聞いたシャドウウルフが、また大きなため息をついた。

『なんとかならないのか？』

『無理だな。こういう時の子供の力は侮《あなど》れん。いいじゃないか、そのまま動けないのならば、今日だけでもゆっくりできると思えば。くくっ』

『何笑ってやがる』

『そうしていると、本当の家族のようだな。ジョーディ達が安心しきった顔で寝ている。よかったな好かれて』

『けっ、なんで俺がガキのお守《も》りなんか。はぁ～』

＊＊＊＊＊＊＊

「うにゅ～」

目を擦った後、周りを確認します。

僕、いつの間にか寝ていたみたい。

確か昨日はご飯の後に、ウルボスの毛を触らせてもらって、それから？

『おい、目が覚めたならさっさとどけ』

頭の上から声がして、そっちを見たらそこにはウルボスの顔があったよ。とっても嫌そうな顔しているの。どうしたんだろうね？

『おい、寝ぼけているのか？　さっさとどけ』

僕はウルボスのお腹に寄りかかりながら寝ていました。

もしかして昨日、毛を触りながら寝ちゃった？

僕がそう思っていると、僕が起きたのに気付いたニッカが、僕をささっと立たせてくれました。

それから口の所を自分の洋服で拭いてくれたよ。

僕ね、よだれを垂らして寝ていたの。それがシャドウウルフのお腹に……

それに気付いたシャドウウルフがもっと嫌そうな顔になります。

僕の寝ていた場所の周りに、ポッケ達も寝ていました。

ニッカがみんなを起こします。

それでみんなも起きたんだけど、みんなもよだれを垂らしていて、それがウルボスの毛にべったり。みんながそれを見つめました。

ウルボスの体がプルプル震え始めて、僕達は慌ててごめんなさいをします。

わざとじゃないの、ごめんなさい!!

『……くくくっ』

『ふっ』

すると僕達の周りで笑い声が聞こえました。横を見たらグッシーやジル達でした。

『ジョーディ達はゆっくり眠れたようだ。よかったな、お前の毛は最高らしい』

『くくく。お前もこういう経験は初めてだろう。それだけお前の近くは安心できるということだ。よかったな』

『いいわけあるか!!　なに勝手に俺の体や毛によだれを付けてんだ!!』

もう一回みんなでごめんなさいをします。

ブツブツ言いながら立ち上がるウルボス。それからすぐに魔法で体を綺麗にしました。

おおっ、昨日よりももっと毛がフサフサに。また触りたくなっちゃったよ。

グッシーに言われて、とりあえずみんなで朝ごはんを食べに、木の実が置いてある場所へ行きます。

ウルボスも僕達と一緒にご飯です。僕はウルボスが座った隣に座り、ポッケ達も周りに座ります。

『おい、なんで俺の近くに来るんだ』

ウルボスがそう聞いてくるけど、僕達はそのままご飯を食べ始めます。

また近くから笑い声がしました。なんでさっきからグッシーもジルも笑っているんだろう？

『森の嫌われ者が……くくくっ』

『今じゃ子供の人気者か。くっくっくっ』

グッシーとジルがそう言うと、ウルボスが大声を出しました。

『うるせぇ！　そこ黙れ！』

ご飯を食べ終わったら僕達は、グッシーに言われて、昨日みたいにグッシー達の近くでなら、自由に遊んでいていいことになりました。

そしてその日の夕方から、僕の周りはとっても賑やかになったんだ。

避難していた魔獣さん達が、ジル達を手伝うために急いで戻ってきてくれたみたいです。

それから大きな魔獣さんが、クルドお兄ちゃんや子フェニー、フラワーピグのお父さん達を運んできてくれました。みんなとっても喜んでいたよ。

そしてその日の夜は、戻ってきた魔獣さん達が、なぜか僕達と寝たいって、みんな僕達の周りに集まってきて、大勢で寝ることに。僕達の周りはぎゅうぎゅうで、ちょっと苦しかったです。

次の日、朝のご飯を食べ終わった僕達は、一生懸命ここに来る方法を考えていました。

みんなが森を確認し始めてから二日が経って、安全な場所、まだちょっと気を付けた方がいいか

もしれない場所、色々な情報が集まってきています。

ということは、僕達がお家に帰るのももうすぐかもしれません。今までは遊びながら、どうやっ

て会いに行こうか考えていたけど、今は考えることに集中です。

昨日の夜グッシーに、また森に連れてきてくれるか聞いたんだけど、やっぱりここまで家からか

なり遠いみたいで、すぐには来られないって言ってました。

『そんなに考えなくてもいいじゃねぇか、何年かに一回会うだけでも』

朝方見回りから帰ってきたウルボスが、ご飯を食べながら話しかけてきました。

「にょ!!　めよ!!」

『そうだよ、ダメだよ!!　僕達はいっぱい遊びたいんだから！』

『いっぱい遊ぶなのぉ!!』

僕とポッケ、それからホミュちゃんに一斉に言われて、ウルボスが静かになります。

『す、凄い勢いだな。何か圧を感じるぞ』

そういえば子フェニーとフラワーピグさんはどうしたかな？　最初一緒にご飯を食べていた子フェニー、途中で向こうの方に集まって、これからのお話をしている、自分の群れの方に行っちゃったの。

僕がそう思っていたら、子フェニーとフラワーピグさんが、それぞれの家族と戻ってきました。

それで僕達の前に並んで、子フェニーのお父さんがみんなの一番前に立って口を開きます。

『グッシー様にはもうお話ししたんだが。君にお願いがある』

僕にお願い？　なんだろう？　僕ができることだったらなんでもするよ？

お父さんフェニーの隣に、子フェニーがピシッて背筋を伸ばして立ちます。

『キキィ！　キキッキ！　キキキィ!!　キッキキ、キキキィィ!!』

それからすぐにお辞儀したんだ。なになに？　なんて言ったの？

『息子は、『ジョーディ、僕ジョーディもみんなも大好き。みんなと友達になりたい。ずっと一緒の友達。お願いします！』と言ったのだ。君と契約したいということだ』

契約のお友達!!　本当!?　うわぁぁぁ!!

僕はその話を聞いて、すぐに子フェニーを抱きしめます。

それからポッケ達も集まってきて、みんなでやったやったって喜びます。

でも喜んでいる僕達の所にグッシーが来て、とりあえず今のところはよかったなって言ったんだ。

『まだラディス達に、契約していいか聞いてないだろう』

あっ！　契約の時はちゃんとパパ達にお話ししないといけなかった。忘れていたよ。

グッシーは先に、子フェニー家族とお話ししていたみたいで、子フェニーはちゃんとこのことを分かっていて、ちゃんと僕のパパとお話ししてから契約するって言いました。

それでダメなら、次また諦めないでお願いするって。

うん！　今ダメでも、僕がもう少し大きくなったら……それでもダメなら僕が大人になって、自由に契約できるようになったら、絶対にお友達になるから!!

そして子フェニー達のお話が終わったら、今度はフラワーピグさんと家族とお話です。

それでね、フラワーピグさんのお話も、同じ契約お友達のお話でした。

でも、フラワーピグさんは契約のお友達になりたいんだけど、もう少し家族と一緒にいたいから、もう少し大きくなってから、契約のお友達になりたいという話だったよ。

全然いいよ！　フラワーピグさんが契約してもいいってなるまで、僕はいつまでも待ってるからね！

今度はみんなでフラワーピグさんに抱きつきました。

僕達が契約のお友達のお話をしてから少しして、クルドお兄ちゃんとクルドお兄ちゃんのお父さん達が帰ってきました。

『皆さん、とってもいい知らせです!!』

『クルド、私から説明するから静かにしなさい』

あのね、森はとっても綺麗になったけど。凄く綺麗な場所から、ちょっとだけ綺麗な場所まで、色々度合いがあるんだって。

それで、そのとっても綺麗な場所だと、移動キノコが早く育つかもしれないんだ。

森が綺麗になってから、もともとあった移動キノコを探していたんだけど、まったく見つからなかったから、キノコさん達は色々な場所に、移動キノコの胞子をまきました。

それでほとんど変化はなかったんだけど、とっても綺麗な場所の移動キノコだけが、少し育ったんだって。このままだったら明後日の夕方か三日後には、完璧に生えてくるみたいです。

『しかし森がこうなってから初めて育つキノコなもので、このまま無事に生えてくるかは今はまだなんとも言えません』

クルドお兄ちゃんのお父さんが申し訳なさそうに言いました。

『ああ、分かっている。しかしこれで少しは話を進めることができる。夜通しでキノコを見ていてくれていたのだろう？　ありがとう』

グッシーがそう言って頭を下げます。

えっ、夜通しって、寝ないでずっとってことでしょう？　僕達もありがとうしなくちゃ!!

「ちょ!!」

『ありがとう!!』

『ありがとうなのぉ!!』

僕達はみんなで頭を下げました。

それで一回お話が止まった時、クルドお兄ちゃんが手を上げます。

『このまま移動キノコが無事に育てば、いつでも森とジョーディのお家を行き来できます！』

僕達はハッ！　としました。そうだ！　移動キノコが使えるようになれば、いつでも森に来られるよね。

でも、クルドお兄ちゃんはキノコさんだからいつでも移動キノコを使えるけど、僕達は？

グッシーが、それなら約束をすればいいだろうって言いました。

クルドお兄ちゃん達と、僕の家か森で遊んで、それで帰る時に次の約束をして、それで約束の日にクルドお兄ちゃんに迎えに来てもらえばいいの。うん！　それがいいね。

僕達は拍手します。だって色々なことが一気に解決したんだよ。さっきまでどうしようかって、色々考えていたのに。

『よし。帰るのは早くて明後日か。それまでに我もできる限りのことはやろう！』

それからグッシーは大忙しでした。

グッシーは空を飛べるからね。森の色々な場所へ飛んで、森のことを調べたの。帰るまでに、少しでもジル達に森の現状を伝えたいんだって。

それからフラワーピグさん達は、僕達が帰るって分かったから、森の中を色々探して、お土産をくれたんだ。

そして二日後のお昼までに、いっぱいお土産をもらいました。僕達やドラック達には、面白い形の石。ママには、池の側で見つけた色々な色でキラキラしている、綺麗な貝殻です。

どんなに引っ張っても切れない草のツルは、お兄ちゃんへのお土産にします。お兄ちゃんは色々作ってくれるし、工作が大好き。きっとこのツルも工作に役立つはず。

パパのお土産はお水にしました。でも、それは実は、お酒なんだ。

お酒が湧いている不思議な池があったから、パパへのお土産はそこのお酒です。

水筒《すいとう》みたいな形の、大きい木の実の中身を削って、その中にお酒を入れて、切った部分に栓《せん》をしました。さっきの切れないツルで縛って出来上がりです。パパ、喜んでくれるかな？

そして夕方、僕達は何か所かの移動キノコを確認しに行ってくれている、クルドお兄ちゃんのお父さんや他のキノコさんを、ドキドキしながら待ちます。まだかな、まだかな。

その時、空から魔獣さん達の鳴き声がしました。

クルドお兄ちゃんのお父さん達は、すぐに移動できるように、空を飛べる魔獣さんと一緒に行っていたんだけど、みんな同じくらいに帰ってきました。

地面に下りると次々に魔獣さんの背中から、キノコさん達が降りてきて、すぐに集まってお話を始めます。どうかな？　もう帰れるかな？　ドキドキしながら結果を待ちます。そして……

「移動キノコが使えるのは明日ですね」

クルドお兄ちゃんのお父さんがそう言いました。

明日完璧な大きさの移動キノコになるから、そうしたらクルドお兄ちゃんのお父さんが、移動して本当に使えるか確認するから待ってほしいって。

そっか、変な所に行っちゃって、またまた帰るのが遅くなったら大変だもんね。うん、ちょっと残念だけど我慢しなくちゃ。

帰れないのが分かって、みんなで夜のご飯を食べました。

そして食べ終わった頃、ウルボスが見回りから帰ってきたよ。

『なんだ、まだいたのか？　うるさい奴らが帰って、ゆっくり飯が食えると思っていたんだが』

ウルボスはそう言いながらご飯を食べ始めたよ。

そんなウルボスを、ちょっと離れた場所からじっと見つめる僕達。

そしてご飯を食べ終わって、寝る場所に移動したウルボスに、僕達は突撃しました。

『お、おい！　俺は来ていいとは言っていないぞ!?』

だって帰ったら、もうこのふわふわの毛を堪能できなくなっちゃう。

移動キノコで移動できるようにはなるけど、いつまた堪能できるか分からないから、今日は一緒に寝てもらうんだ。ウルボスが立ち上がったけど、僕達はくっ付いたまま。

『ああ、たくっ!!　分かったからそんなに必死にくっ付くな。はぁ』

伏せをしたウルボス。僕達はありがとうをして、お腹の部分に寝転がります。

『ククク、流石のお前でもジョーディ達には敵わないか』

その様子を見ていたグッシーが笑いながらそう言ったよ。

『笑っていないでなんとかしたらどうだ。お前の主人だろう』

『別にまずいことではないからな、好きなようにさせる。それに今のうちに、我はもう一度、ニッカと帰りの準備をする。では、ジョーディ達のことを頼むぞ』

グッシーとニッカが、荷物を置いてある場所に歩いて行きます。ウルボスはまたまたため息をついたよ。

そうだ！　ウルボスも時々遊びに来てくれないかな？

「ちょよね。ちょびにきちぇ」

『は？　なんだ？　なんて言ったんだ？』

『シャドウウルフも家に遊びに来てって言ったんだよ』

ポッケが僕の言葉を伝えてくれます。続いてスーも補足してくれたよ。

『それで一緒に遊ぼうって。僕もそれがいいなぁ』

『ホミュちゃんも遊びたいなのぉ！』

『なんで俺が、わざわざ遊びに行かないといけないんだ』

「ちぇ、みにゃ、よちよぉ」

『そう、シャドウウルフと僕達は仲良し。ね、だから遊びに来てよ』

『お前達、俺の毛で寝たいだけじゃないのか？』

みんなが黙ります。でもすぐにまた、僕の家に遊びに来てってお話を始めます。

『おい!!　はぁ、まったくお前達は……』

またまたため息のウルボス。

それからどうして俺がとか、早くうるさいのは帰れとか、ブツブツ文句を言って。

でもね、僕見たんだ。ウルボスがブツブツ言いながら、顔は少しだけニッコリしていたのを。


そして次の日の朝。

いつもより早く起きた僕は、フラワーピグさん達と最後のご飯を食べて、荷物をしっかり持って、帰る準備万端です。

僕達はグッシーに乗って、クルドお兄ちゃんとクルドお兄ちゃんのお父さん、他のキノコさん達は他の空飛ぶ魔獣さんに乗りました。

いよいよみんなとお別れです。

『今まで本当に世話になった。ありがとう』

グッシーがジルにお礼を言うと、ジルも頭を下げました。

『こちらこそありがとう、色々あったが、無事に解決できたのはお前達のおかげだ』

『プピッ！　ピグッ!!』

『フラワーピグは、また遊ぼうね、約束だよ、と言っているぞ』

ジルがフラワーピグさんの言葉を伝えてくれました。

「ちゃっ!!　ちゅよねぇ!!」

今のは、うん！　約束だよ、って言ったんだよ。

『約束なのぉ！』

「ちょどぉ、ちょくよねぇ！」

今度は僕の言葉をポッケが翻訳してくれます。

『シャドウウルフも約束ねって言ったんだよ。約束だからね。遊びに来なかったら、僕達がここに来て突撃するから』

『分かった分かった。はぁ、なんで俺がこんなガキどもと……』

『諦めろ。お前はジョーディ達に友達認定されたからな。約束を守らなければ、今言ったように突撃してくるぞ』

最後にみんなで一緒にバイバイをします。

そしてグッシーが思いきり地面を蹴りました。他の魔獣さん達も一気に飛び上がって、グッシーがビュッ!! っと一気に前に進むと、みんなが見えなくなったよ。

どんどん進むグッシーと魔獣さん達。途中で行く方向が三つに分かれます。みんなそれぞれ移動キノコを確認しに行くんだ。もちろんクルドお兄ちゃん達は、僕と同じ方向ね。

僕達が向かったのは綺麗な湖だったんだけど、そこにはすぐに着いたよ。

本当に綺麗な湖で、水がキラキラ輝いていて、泳いでいるお魚さんもキラキラ輝いて見えるの。

クルドお兄ちゃんのお父さんが湖の側に歩いて行きます。

そこにはけっこう大きなキノコが生えていました。僕の家に生えていた移動キノコ、こんなに大きかったっけ？　これの半分くらいの大きさだったと思うんだけど。

そう思ったのは僕だけじゃありませんでした。グッシーが大きくないかって聞きました。

『私もびっくりしました。確かにここの移動キノコは成長が早かったですが、ここまで成長するとは。まず私が確かめますからお待ちください』

クルドお兄ちゃんのお父さんがそう言って確認を始めます。

二か所くらい移動してそれで変な場所に移動しなければ、いよいよ僕達はお家に帰ります。

クルドお兄ちゃんが気を付けてねって、お父さんに抱きつきました。それからすぐにお父さんはキノコで移動しました。うん、移動はできるみたい。すぐにお父さんが消えたよ。

少し待って、移動キノコが光りました。そして光の中からクルドお兄ちゃんのお父さんが出てきます。

『一か所目は成功です。行きたい場所へ移動することができました！』

それを聞いて拍手する僕達。クルドお兄ちゃんがホッとしたお顔をしていました。

お父さんはすぐに別の場所へ移動を始めて、そしてまたすぐに戻ってきました。

『大丈夫です!!　二回とも成功です!!』

またまた僕達は拍手をします。

わあぁぁぁっ!!　今までで一番大きな拍手をしました。やったぁ！　これでお家に帰れるよ!!

『よし、帰るぞ!!』

グッシーがそう言いながらニッと笑いました。

最後に子フェニーのお父さんとお母さんに子フェニーが挨拶します。

移動キノコが光ると、最初にクルドお兄ちゃん達が入って、僕達はここに残る子フェニーのお父さん達、魔獣さん達にバイバイして、光の中へ入りました。

光に入る時、目を瞑った僕に、すぐグッシーが目を開けていいぞって言いました。

僕は急いで目を開けます。すると僕の目の前にはいつもの風景が広がっていました。

そう、僕のお家の玄関前。ちゃんとお家に帰ってこられたんだよ。

玄関がバタンッ!!　と勢い良く開いて、中からベルが出てきました。

そして僕達を見ると泣きそうなお顔になって、でもすぐにキリッとした顔に戻ったよ。

あおれから大きな声でパパ達を呼びながら、家の中に走って戻って行きました。

僕達は開けっ放しの玄関から中に入ります。

入ったとたん、あちこちから走ってくる足音が聞こえました。

階段からパパとママが、玄関外からはレスターとトレバーが、そしてドラックパパとドラッホパパが、小さいお兄ちゃん達を連れて走ってきたよ。

「「ジョーディ!!」」

『『帰ってきた!!』』

みんなが一斉に僕達の所に。最初にママが僕のことを思いっきり抱きしめます。

やっと帰ってこられた、やっとママ達に会えた、やっとドラック達に会えた。夢じゃないよね。本当に帰ってきたんだよね。

「ジョーディ、よかったわ。ママ、心配していたのよ。なかなか帰ってこなかったから」

「本当によかった。よく顔を見せてくれ」

ママが泣いていて、パパは笑っているけど、やっぱり泣きそうなお顔でした。

ごめんなさい。でもちゃんと帰ってきたよ。

「ジョーディ、おかえりなさい!!」

小さいお兄ちゃんをママが自分の手のひらに乗せてくれました。

僕は人差し指で、お兄ちゃんは小さい手両方で、握手みたいにして、僕はお兄ちゃんにただいまをしました。

ポッケ達はドラック達と戯れながら喜んでいます。

やっと少し落ち着いて、パパがクルドお兄ちゃんのお父さんに声をかけました。

「待たせて悪かったな」

『いえ、私はクルドの父親です。この度は息子のせいで、ご子息を危険な目に遭わせてしまい、申し訳ありませんでした』

クルドお兄ちゃんのお父さんがぺこってお辞儀をします。

「いや、今回のことはクルド君の責任ではない。色々なことが重なってしまった結果だ」

『元に戻るキノコの粉を持ってきた。話は皆を元に戻してからにしたらどうだ？』

グッシーがそう言うと、パパが嬉しそうに言います。

「そうか!!　では客室へ。そこで元に戻してもらったら、お茶でも飲みながら話をしよう」

それでみんなでお客さんが来た時に使うお部屋に移動しようとした時、子フェニーがニッカの体を登って、ニッカの頭の上から僕の頭の上に飛んできました。

ドラックが誰？　って聞いてきました。

ちょっと待ってね。後できちんとご紹介するから。だってこれから契約するんだから。

あっ!!　契約で僕、気が付きました。大事なことを忘れていたよ。パパ達にお話しするのも大事だけど、それと同じくらい大切なこと。

もし契約してもいいって決まったら、子フェニーの名前を考えなくちゃ!!　だってずっと子フェニーじゃおかしいでしょう？　子フェニーには、こんな名前がいいって、そういうのあるかな？

「あら、ずいぶん仲良しなのね。あなた、フェニーの子供よ」

ママが子フェニーに気が付いて、そう言うと、子フェニーは元気よく鳴きました。

『キキィ!!』

「それでジョーディは、どうしてそんなに難しい顔をしているの？」

「う？」

「まぁいいわ。この子についても、色々あるのでしょう？　きちんと話をしましょうね。それできっと、ジョーディが難しい顔をしている理由が分かるわね」

『我は二階の窓の縁に先に行っている』

「分かった。が、その前に。グッシー、ジョーディを無事に連れ帰ってくれて感謝する」

お父さんがグッシーに、ありがとうしているのが見えました。

『我の主だからな。そしてお前達の大切な家族だ、ジョーディを守るのは当たり前だから気にするな。それよりきっとこれから忙しくなるぞ。今回の事件のこともそうだが。ジョーディ達についてもな』

「それはどういう……」

「あなた、話は移動してからよ!!」

「わ、分かってる。じゃあ、先に行っててくれ」

パパが僕達に追いついて、僕の前を歩きます。

僕は一番後ろから、みんながバタバタ歩いて行くのを見て、そしてみんなのニコニコのお顔を見て、本当に帰ってきたって感じがしました。やっぱりお家が一番だね！

これからきっと、僕達が森にいた時に何があったのか、いっぱいお話するから、とっても時間がかかるだろうし。もちろんパパ達が、子フェニーとお友達契約してもいいって言ってくれたら、名前をしっかり考えなくちゃいけないし。他にも色々やることがいっぱい。

でも全部が終わって落ち着いて、いつもの生活に戻ったら、みんなといっぱい遊ぶんだ!!

「あら、ジョーディ、なにをそんなにニコニコしているの？　さっきよりもニコニコね」

「ちゃあ～!!　ちゃいのよねぇ」

『嬉しいこと、楽しいことがいっぱいを考えたら、ニコニコになったの？』

『どんなこと？』

ドラックとドラッホが聞いてきます。

「おちゃ、にゃち!!」

『お話いっぱい。遊びもいっぱい？』

うんうん、そうだよ。ウルボスのふわふわもすぐにみんなに教えるから待ってね。

僕はニコニコのまま、お部屋に入ります。あ～、早くお話ししたいなぁ。でもその前に……

みんな、ただいま!!

最強魔獣・激カワもふ友と過ごす

自由気ままな異世界ライフ♪

神様の手違いによって病弱な身体に生まれてしまい、9歳という若さで息を引き取った如月《きさらぎ》啓《けい》太《た》。そのお詫びとして、女神さまの加護をたくさんもらった啓太は、異世界の侯爵家次男・ジョーディとして生まれ変わった。強くて優しい家族に囲まれてすくすく育ち、1歳の誕生日には初めての旅行へ出発!旅先で怖いトラブルもあるけど、最強魔獣のブラックパンサー・ローリーと一緒ならへっちゃら♪自由気ままな和やかもふもふファンタジー!

◎B6判　◎定価:748円(10%税込)　◎ISBN 978-4-434-33118-3

無料で読み放題
今すぐアクセス!
アルファポリス Webマンガ

可愛いけど最強？ 異世界でもふもふ友達と大冒険！ 1〜3

KAWAII KEDO SAIKYOU?

著 ありぽん

「愛され力」最強幼児、現る！

もふもふ達に見守られて
のびのび暮らしてます！

1〜3巻 好評発売中！

部屋で眠りについたのに、見知らぬ森の中で目覚めたレン。しかも中学生だったはずの体は、二歳児のものになっていた！　白い虎の魔獣——スノーラに拾われた彼は、たまたま助けた青い小鳥と一緒に、三人で森で暮らし始める。レンは森のもふもふ魔獣達ともお友達になって、森での生活を満喫していた。そんなある日、スノーラの提案で、三人はとある街の領主家へ引っ越すことになる。初めて街に足を踏み入れたレンを待っていたのは……異世界らしさ満載の光景だった!?

◉各定価：1320円（10%税込）　◉illustration：中林ずん

この作品に対する皆様のご意見・ご感想をお待ちしております。

おハガキ・お手紙は以下の宛先にお送りください。

【宛先】

〒150-6019 東京都渋谷区恵比寿 4-20-3 恵比寿ガーデンプレイスタワー 19F
（株）アルファポリス　書籍感想係

メールフォームでのご意見・ご感想は右のＱＲコードから、
あるいは以下のワードで検索をかけてください。

アルファポリス　書籍の感想　検索

ご感想はこちらから

本書はWebサイト「アルファポリス」(https://www.alphapolis.co.jp/)に投稿されたものを、改題、改稿、加筆のうえ、書籍化したものです。

もふもふが溢《あふ》れる異世界《いせかい》で幸《しあわ》せ加護《かご》持《も》ち生活《せいかつ》！6

ありぽん

2024年　1月　31日初版発行

編集－高橋涼・村上達哉・芦田尚
編集長－太田鉄平
発行者－梶本雄介
発行所－株式会社アルファポリス
〒150-6019 東京都渋谷区恵比寿4-20-3 恵比寿ガーデンプレイスタワー19F
TEL 03-6277-1601（営業）　03-6277-1602（編集）
URL https://www.alphapolis.co.jp/
発売元－株式会社星雲社（共同出版社・流通責任出版社）
〒112-0005 東京都文京区水道1-3-30
TEL 03-3868-3275
装丁・本文イラスト－高瀬コウ
装丁デザイン－AFTERGLOW
印刷－図書印刷株式会社

価格はカバーに表示されてあります。

落丁乱丁の場合はアルファポリスまでご連絡ください。

送料は小社負担でお取り替えします。


ISBN978-4-434-33334-7　C0093